走れ、千吉

小料理のどか屋 人情帖18

倉阪鬼一郎

時代小説
二見時代小説文庫

走れ、千吉——小料理のどか屋人情帖18

目次

走れ、千吉　小料理のどか屋 人情帖18・主な登場人物

時吉《とききち》……神田三河町の、のどか屋の主、元は大和梨川藩藩士・磯貝徳右衛門《いそがいとくえもん》。

おちよ……時吉の女房。時吉の師匠、長吉の娘。

千吉《せんきち》……時吉の長男。左足が不自由だったが名医考案の装具で走れるほどになる。

長 吉《ちょうきち》……浅草は福井町でその名のとおり、長吉屋という料理屋を営む、時吉の師匠。

大橋季川《おおはしきせん》……季川は俳号。のどか屋の常連、おちよの俳句の師匠でもある。

青葉清斎《あおばせいさい》……皆川町に住む本道（内科）医。時吉に薬膳を教える。

寅次《とらじ》……岩本町のころよりの、のどか屋の常連。三代にわたり湯屋を営む。

安東満三郎《あんどうみつさぶろう》……隠密仕事をする黒四組のかしら。甘いものに目がない、のどか屋の常連。

万年平之助《まんねんへいのすけ》……影御用の隠密廻り同心。のどか屋で「幽霊同心」と綽名《あだな》されてしまう。

信兵衛《しんべえ》……旅籠の元締め。消失したのどか屋を横山町の旅籠で再開するよう計らう。

おそめ……大火で両親を亡くす。同じ境遇の多助の嫁になり、昼間はのどか屋で働く。

多助《たすけ》……浅草の美濃屋の手代。大火で両親を亡くす。おそめと祝言をあげる。

元松《もとまつ》……娘、おさえを亡くした浅草亭夢松と名乗る素人噺家。乾物屋を営んでいた。

おきん……松前屋の女将。おそめの伯母。おそめの祝言以来のどか屋に縁ができる。

善助《ぜんすけ》……松前屋のあるじ。元松が屋台の蕎麦屋として出直すよう助ける。

利助《りすけ》……家族を次々と亡くし、失意のあまり身投げをしようとする簪職人

第一章　玉子雑炊

一

「野暮《やぼ》なご時世になっちまったもんだぜ」

安東満三郎《あんどうみつさぶろう》がそう言って、ふっと一つ息をついた。

「まったくで。しみったれたことは言いたかねえから」

万年平之助《まんねんへいのすけ》が顔をしかめた。

のどか屋の軒提灯《のきぢょうちん》に火が入っている。座敷には旅籠《はたご》の客、一枚板の席には常連が陣取っていた。

「すると、旦那方にもお達しが出てるんでしょうか」

おかみのおちよがたずねた。

「まあな。と言っても、おれはほかにも『いろはほへと』とかいろいろ役目を背負わされてるからよ」

安東満三郎がそう言って、好物の油揚げの甘煮に箸を伸ばした。

あんみつ隠密こと安東満三郎は、黒四組《くろよんぐみ》のかしらだ。

将軍の履物《はきもの》や荷物などを運ぶのが主たる役目の黒鍬《くろくわ》の者は、三組までしかないことになっている。しかし、本当はその先に四組目があるのだった。

約《つづ》めて黒四組が携《たずさ》わっているのは公儀の影御用だ。いま安東満三郎が謎をかけた「いろはほへと」、すなわち「に」抜け（荷抜け）などを追ったりするのが黒四組のつとめだった。

「では、町場を廻る旦那にもお達しが出てるんですね？」

厨《くりや》で手を動かしながら、あるじの時吉《ときち》がたずねた。

「いや、おれは旦那の手下《てか》の幽霊同心だから」

万年平之助はにやりと笑った。

かしらの安東満三郎は諸国へ出張《でば》っていかねばならないこともある。そこで、手下の万年平之助に江戸の町場の見廻りを任せていた。

町奉行の配下にも隠密廻《おんみつまわ》り同心がいるが、同じようにさまざまななりわいに身をやつすつとめでも、影御用の万年同心は黒四組に属している。幽霊同心と呼ばれるゆえんだ。

「まあ、むかしから町場が華やかになると倹約の揺り戻しが来るからね。賄賂《まいない》が横行した田沼《たぬま》時代のあとの松平定信《まつだいらさだのぶ》公の政《まつりごと》みたいなものだ」

いつものように檜《ひのき》の一枚板の席に陣取っている、隠居の大橋季川《おおはしきせん》が言った。

おちよの俳諧《はいかい》の師で、のどか屋にとっては古くからの常連客だ。頭には白いものを戴《いただ》いているが、還暦を過ぎたいまも矍鑠《かくしゃく》としている。

「華美な料理まで取り締まられたんじゃ、板前さんも困るでしょうよ」

「大変ですね」

座敷の客が言った。

流山《ながれやま》の味醂《みりん》づくりの主従だ。ありがたいことに、江戸へ出てくるたびにのどか屋に泊まってくれる。

「名のある料理屋さんの舟盛りがご法度《はっと》になったっていううわさを聞きましたけど」

おちよが眉をひそめた。

「そんなものを禁じたってねえ」

隠居が苦笑いを浮かべた。

「うちは大丈夫かしら。旅籠つきの小料理屋だなんて贅沢《ぜいたく》だからまかりならぬって言われたらどうしよう」

おちよが案じ顔で時吉を見た。

大火で岩本町《いわもとちょう》を焼け出されたあと、のどか屋は横山町《よこやまちょう》で出直すことになった。旅籠が立ち並ぶ町だから、小料理屋に旅籠をつけて泊まれるようにし、朝膳をつけることにした。

朝膳の名物は豆腐飯だ。甘辛く煮た豆腐をほかほかの飯にのせ、薬味を添えて食す。初めは豆腐だけ匙《さじ》ですくって味わい、しかるのちにわっとまぜて食べると、まさに口福《こうふく》の味だ。この豆腐飯を食べたいがために、わざわざのどか屋に泊まる常連も少なくなかった。

「膳には見かけが贅沢なものは出していないから」

時吉はすぐさま答えた。

「まさか、玉子は贅沢だから駄目だとは言われませんよねえ」

「こんなおいしいものを禁じられたら泣きたくなりますよ、旦那さま」

座敷の主従が言った。

客に供したのは玉子雑炊だった。

鍋にだしを張って煮立てたところへ、飯を入れて火を通し、塩と醤油《しょうゆ》で味つけをする。

そこへ溶《と》き玉子を回し入れる。

玉子や砂糖は貴重な品だが、のどか屋にはつてがあって、わりかた安値で仕入れることができた。

これだけでも存分にうまいが、さらに脇役が引き締める。

まずは、ほうれん草だ。

あくを抜くためにほどよくゆでで、井戸水に浸けてさましておいたほうれん草の水気を絞り、食べよい長さに切っておく。これを鍋の端に入れて蓋《ふた》をし、ゆっくり十数えて火から下ろす。

仕上げは、おろし生姜《しょうが》だ。器に盛ってからおろし生姜をのせ、まぜながら玉子雑炊を味わう。冬場にはこたえられないほっこり料理だ。

「これを食ってたら風邪《かぜ》も引かねえや」

匙を動かしながら、万年同心も言った。

「医者いらずで世のため人のためになってるものを、あえてご法度《はっと》にするいわれはないだろうよ」

「いやいや、医者が文句をつけるかもしれねえよ、ご隠居」

あんみつ隠密がそう言ったから、のどか屋に和気が生まれた。

「まあなんにせよ、気をつけるに越したことはないね」

隠居の言葉に、おちよがゆっくりとうなずいた。

二

「まいど、ありがたくぞんじました」

小さい番頭さんが頭を下げた。

のどか屋の跡取り息子の千吉《せんきち》だ。

生まれつき左足が曲がっていて、時吉とおちよはずいぶん案じていたのだが、千住《せんじゅ》にある名倉《なぐら》という名高い骨つぎの若先生の発案で左足に添え木のような道具をつけて歩く稽古を重ねてみたところ、格段に良くなってきた。

先だっては、ほんの少しだが、千吉は走った。まったく以前には考えられないことだった。

季節に一度、千住まで通うことになっているため、のどか屋をおちよに任せて一昨日《おとつい》また千住まで行ってきた。

千吉が少し走ったことを告げると、名倉の若先生は会心の笑みを浮かべた。

「うまくいきましたね。この按配《あんばい》なら、今年中に添え木なしで普通に歩けるようになるでしょう」

「そうですか。良かったな、千吉」

時吉も笑顔になった。

「うん。おかげさまで、ありがたくぞんじました」

手習いにも通い、だいぶ大人びてきた千吉は、若先生に向かってしっかりと礼を言った。

「今後は半年先でいいよ。これから、どこまで良くなるか楽しみだね」

若先生の言葉に、千吉はにっこりと笑った。

その小さい番頭さんとのどか屋の手伝いの女たちに見送られて、流山の味醂づくりの主従が出立するところだった。

「豆腐飯を食べたから、あきないにも身が入るよ」

「いまから次の泊まりが楽しみですね、旦那さま」

二人の客はそう言って前の通りに出た。

「では、お気をつけて」

おちよが頭を下げる。

「またのお越しを……」

おちよの片腕とも言うべきおけいが、「の」の字をふんだんに散らしたそろいの衣装の娘たちを見た。

「お待ちしております」

おそめとおこうが声をそろえて続ける。

「おお、元気がいいね」

味醂づくりのあるじの顔がほころんだ。

「またよしなに」

お付きの男が機嫌良く右手を挙げた。

続いて、また客が現れた。次々に見送りだ。

のどか屋を手伝っているおそめは、浅草の小間物屋の美濃屋《みのや》で手代をつとめる多助《たすけ》とめでたく祝言を挙げた。いまは共に働き、晩だけ同じ長屋で暮らしている。

入って間がないおこうは、のどか屋ばかりでなく、ほうぼうの旅籠を掛け持ちして働いていた。この界隈には元締めの信兵衛《しんべえ》がいくつも旅籠を持っている。おこうはそのうち手が足りないところにつとめるという役どころだった。

この役はおしんという娘がつとめていたのだが、紆余曲折《うよきょくせつ》があっていまは版木職人の修業をしている。その代わりに入ったのがおこうだった。

「おっ、おまえらも見送りかい？」

秩父《ちちぶ》から家族で江戸見物に来たという男が声をかけたのは、ひょこひょことやってきた猫たちだった。

「一匹つれて帰りたいくらい」

その女房が笑みを浮かべる。

旅籠付きの小料理屋のどか屋の名物は料理だけではなかった。四代もそろった猫たちもそうだ。

「また子を産んだら、いくらでも差し上げますので」

おちよが如才なく答えた。

「おとう、ほしい」

十くらいの娘が真顔でねだる。

「猫は秩父にだってたくさんいるぞ」

「でも、江戸の猫は柄《がら》がきれい」

娘が指さしたのは茶白の縞猫のちのだった。

守り神ののどかの娘で、ことに人なつっこい猫だ。

その娘が縞のある白猫のゆき。さらにその娘が醬油みたいな色の黒猫のしょうだった。

しょうのほかは雌だから、たびたびお産をする。そのたびにほうぼうへ里子に出さなければならないが、案じることはなかった。

のどか屋の猫は福猫だ。

そんな評判が立ったものだから、江戸のほうぼうから手が挙がり、断るのに苦労をするほどだった。

その福猫たちが、客商売だと心得ているのかどうか、出立する客の見送りに出ることもしばしばあった。

「いい子でね」

「またな」

頭をなでられて、ひとしきり喉を鳴らす。

こんな按配で客の見送りが終わると、今度は昼の膳だ。

豆腐飯の朝膳もいいが、朝獲れの活きのいい魚などを使った昼膳も大の人気だ。なかには、旅籠を一度出てから昼も食べに戻る客までいるくらいだった。

今日の昼膳の顔は、寒鰤《かんぶり》の照り焼きだった。

脂《あぶら》の乗った寒鰤にさらに料理人の手わざを加え、うまい照り焼きに仕上げていく。

まず、鰤の切り身に薄く塩を振り、四半刻《しはんとき》（約三十分）ほど置く。

それから塩を洗い流し、ていねいに水気を拭き取ってから、味がしみるように皮目に細かく切り込みを入れておく。

次に、たれと酒でのばしたものに、鰤の切り身を四半刻足らずつける。こうすることによって、味がじゅわっと中までしみこんでいく。

頃合いを見て切り身を取り出し、たれを拭き取ってから串を打つ。いくらか波打たせるように平串を打つのが勘どころだ。

焼き方にも気を配る。盛り付けたときに表になるほうから焼き、焼き色がきれいについたら裏返す。

両面ともにおおむね火が通ったら、たれをかけて乾かすように仕上げ焼きをする。これを二度行い、最後にさっとまたたれをかけ、串先のたれを拭き取ってから串を抜き、盛り付けにかかる。

見た目はただの照り焼きでも、これだけの手わざを時吉は加えていた。

「うめえ、のひと言だな」

「普請場《ふしんば》から大急ぎで食いに来た甲斐《かい》があったぜ」

揃いの半纏《はんてん》の大工衆が相好《そうごう》を崩す。

「いい女がいいべべを着せてもらったら、そりゃ目がくらむほどにならあ」

「うめえことを言うな」

「うめえのは、のどか屋の膳だ。寒鰤だけじゃなくて、脇の里芋と青菜もいいつとめをしてるじゃねえか」

「汁も忘れんな」

「おう、葱《ねぎ》と油揚げがたんと入っててうめえ」

掛け合いはなおも続いた。

好評のうちに昼膳が終わると、のどか屋は中休みに入る。旅籠のつとめは朝が早い。なかには七つ（午前四時）発《だ》ちをする客もいるから、遅くまで寝てはいられない。

寝足りない分を、おちよは中休みで補う。いったんのれんをしまい、座敷に布団を敷いて寝るのだ。体は慣れるもので、短いあいだでも昼寝をすればしゃきっとするようになった。

「あら、お帰り」

目を覚ましてのれんを出しに行ったおちよが声をかけた。

千吉が手習いから帰ってきたのだ。

「ただいま」

以前とは見違えるほどなめらかに歩きながら、千吉が答えた。

おちよの父の長吉《ちょうきち》は浅草《あさくさ》で長吉屋という料理屋を営んでいる。時吉も修業した長吉屋はのどか屋より大きな構えで、これまでにあまたの料理人を育ててきた。弟子にはすべて「吉」の一字がつく。

そこの客筋で春田東明《はるたとうめい》という男が営む寺子屋に通いはじめてから、千吉はたまにむずかしいことを口走ったりするようになった。背丈ばかりでなく、思案する力も着実に伸びているようだ。

「千ちゃん、呼び込みへ行く？」

旅籠の掃除から戻ってきたおけいがたずねた。

「うん、でも……」

千吉はややあいまいな返事をした。

「おやつを食べてからか？」

中から時吉が問うた。

「うん！」

今度は元気のいい声が返ってきた。

先だって、あんみつ隠密が帰りぎわ、こんなことを言った。

「あんみつ煮もいいけどよ、ほかにも甘えやつで何か思案しといてくれ」

さすがに毎度毎度、油揚げの甘煮では、いささか飽きが来たらしい。

そこで、おちよとも相談し、餡巻《あんま》きをつくることにした。

粉を溶いたものを平たい鍋の上にのばして焼き、餡をのせてくるくると巻く。

いくらか要領はいるが、時吉もおちよもすぐさま慣れた。手わざにかけては、どうかするとおちよのほうが上手《うわて》だ。

さっそく昨日、千吉に舌だめしをさせてみたところ、飛び上がらんばかりの喜びようだった。

「おとう、餡巻き」

見世に入るなり、そう所望《しょもう》する。

「分かったよ。もう支度はしてある」

時吉は笑顔で答えた。

餡巻きができるなり、千吉ははふはふ言いながら食べだした。

「あんまり急いで食べたらやけどするわよ」

おちよが声をかける。

「お子さん連れのお客さんには喜ばれそうですね」

おそめが笑みを浮かべた。

「そうね。餡巻きを肴《さかな》にお酒を呑むのは安東さまくらいだろうけど」

おちよがそう言ったから、のどか屋に和気が満ちた。

ほどなく、千吉のつれが付き添いの男とともにやってきた。

「千ちゃん、よびこみ、行こうよ」

そう言いながら入ってきたのは、近くの大松屋《おおまつや》の跡取り息子の升造《ますぞう》だった。大松屋も元締めの信兵衛が持っている旅籠だ。

「お世話になっております」

腰を低くして言ったのは、番頭の末松《すえまつ》だった。

「ああ、こちらこそ」

時吉が答える。

「うん、食べ終わったら行くよ」

餡巻きから口を離して、千吉が言った。

「升ちゃんも食べる？」

おちよが問うた。

「うん！」

もう一人のわらべも元気良く答えた。

三

餡巻きを食べ終えた二人のわらべは、付き添いの大人とともに両国橋《りょうごくばし》の西詰に向かった。

横山町からはほど近く、人の往来が多い。旅籠の呼び込みをするにはうってつけの場所だ。

のどか屋は千吉とおけいとおそめ、大松屋は升造と末松とおこう。それぞれ組になって呼び込みをする。

のどか屋は小料理屋がついているのが強みだ。一方、大松屋には内風呂がある。これも客の呼びどころだ。

元締めが同じだから、どちらに客が来てもめでたしめでたしだ。現に、おこうは今日は大松屋で働いている。

　この界隈にはもう一軒、巴屋《ともえや》という部屋数の多い旅籠もあった。これまた元締めは信兵衛だ。どの旅籠にも客が入るように、うまくつなぎながら呼び込みを行うのが勘どころだった。

「おとまりは、のどか屋へ」

　千吉がかわいい声をかける。

「大松屋は、おふろがあるよ」

　負けじと升造が言う。

「のどか屋は料理つき」

　千吉がそう言って、着物の上に羽織ってきた半裃《はんがみしも》のようなものに手をやった。

　　はたご
　こりやうり

　だいぶ古くなってきた半裃の表にも裏にもそう記されている。

「朝は名物の豆腐飯をお出しします。のどか屋にお泊まりはいかがですか?」

おけいが明るい声で呼びかけた。

「横山町は浅草見物にもよろしいですよ」

おそめも明るい声で和す。

所帯を持ったばかりの美濃屋の多助は折にふれてのどか屋にも顔を出すが、まったく人もうらやむほどの仲だ。

首尾よく客が見つかったら、おけいかおそめのどちらかがのどか屋まで案内しなければならない。そのために二人で組になっているのだった。

ややあって、松戸《まつど》から名刹《めいさつ》の秘仏の御開帳に合わせて来たという夫婦が足を止めた。

「こちらは料理付き、そちらは風呂付きかい。そりゃ迷うな」

「どうしましょう、おまえさん」

と、首をかしげる。

「べつに大松屋さんに泊まって、料理だけうちで召し上がっていただいてもよろしゅうございますよ」

おけいが如才《じょさい》なく言った。

「えっ、それでもいいのかい？」

「ええ。うちは元締めさんが同じなので」

「ああ、そうなのかい。なら、内風呂のあるほうへ泊めさせてもらおうかね」

松戸から来た客が言った。

「ありがたく存じます。では、ご案内いたしますので」

大松屋の番頭の末松がしたたるような笑みを浮かべた。

「かったよ、千ちゃん」

向こうの跡取り息子が胸を張った。

「こんどは、のどか屋だから」

負けじと千吉が言う。

そんな按配で、なおも客引きは続いた。

のどか屋と大松屋のほかにも、この界隈に旅籠屋はたくさんある。よその客引きの姿もいくたりかあった。

のどか屋が流行《はや》るようになってから、陰でこそこそ悪口を言って足を引っ張ろうとする輩《やから》もいた。

あそこの飯を食ったら腹をこわすし、病にも罹《かか》る。

やっかみ半分でそんな根も葉もないことを吹きこむたちの悪い旅籠もあったが、のどか屋の評判がそのうち吹き飛ばしてしまった。今日はまだ空きがあるからこうして呼び込みに来ているけれども、早々《はやばや》と先約で埋まってしまう日もあるくらいだ。

「それにしても、景色がちょっと寂しくなったわねえ」

人通りが少し途切れたところで、おけいが芝居小屋のほうを指さして言った。

「あんまり派手な幟《のぼり》は駄目だし、お芝居だって、あれも駄目これも駄目、と言われてるみたいですから」

おそめがいくらか浮かない顔で言った。

「お芝居だけじゃなくて、いろいろお上《かみ》からお達しがあるみたいです」

と、おこう。

「素人さんの寄席《よせ》とか、座敷での浄瑠璃《じょうるり》とかはご法度になっちゃったから。ずいぶんほうぼうに素人《しろうと》寄席があったのに」

おけいがそう言ったとき、千吉がだしぬけに口を開いた。

「あっ、噺家《はなしか》さんが来たよ」

千吉は両国橋のほうを指さした。

「これ、人を指さしちゃ駄目よ」

おけいがあわててたしなめる。

千吉の声が耳に届いたらしい。橋を渡ってきた男は、一瞬びっくりしたような顔つきになった。

歳は四十がらみだろうか。小柄でひょうきんな顔をした男だ。

「お泊まりは、大松屋へ」

升造がなおも元気良く呼び込みをする。

「お料理付きの、のどか屋へ」

千吉も負けじとかわいい声を張り上げる。

ほどなく、千吉が指さした男がこちらに向かってきた。

「えー、こちら、旅籠屋さんで？」

本当に噺家みたいな口調で訊く。

「さようです。小料理屋を兼ねているのがのどか屋で……」

おけいがおこうを手で示した。

「内湯があるのが大松屋です」

今日はそちらの手伝いのおこうが和す。

「そりゃ目移りするなあ」

男はやおら腕組みをした。

「お代はどちらもお安いですので」

おけいが言う。

「長逗留はできるかい?」

顔つきを微妙に陰《かげ》らせて、男がたずねた。

「はい。内金《うちきん》を少々いただくことになりますが」

おけいがすぐさま答えた。

「なら……食い意地が張ってるんで、料理が付いてるほうにするかな」

男は笑顔をつくって言った。

「まいど、ありがたくぞんじます!」

千吉がぴょこんとおじぎをした。

第二章　加丹生煮《かにぶに》

一

のどか屋の部屋は六つある。

二階には五つあった。いささか半端だが、二階の六つのうち一つは、のどか屋の家族のための部屋だ。

もう一つは、一階の小料理屋の並びにある。客に所望されなければ、一階の部屋は終《しま》いまで残しておくのが常だった。

階段を上るのが難儀な年寄りの客が来るかもしれないし、晩には酒に酔った千鳥足の客も宿を求めに来る。階段を踏み外されたら事だから、なるたけ一階の部屋は埋めないようにしてあった。

「いらっしゃいまし。お二階でよろしゅうございますか？」

おそめと千吉が連れてきた客に向かって、おちよが笑顔で言った。

「よございますよ。ちょいと長逗留になるかもしれねえんで、内金を入れときましょう」

客はふところから巾着《きんちゃく》を取り出した。

夢、と縫い取りがなされている。

「相済みません。では、ほんのお気持ちだけ百文いただければと」

「百文だけで？」

客は驚いたように顔を上げた。

「ええ。あとはお発《た》ちになるときに」

おちよはそう告げた。

「お発ちか……」

客はいくらか遠い目になったが、ふと我に返って内金を払った。

「では、ご案内します」

おけいがそう言って、さほど重くなさそうな荷を手に持った。

「ああ、悪いね。坊はまた呼び込みかい？」

客は千吉に声をかけた。

「うーん、どうしよう」

「何べんも行ったり来たりしたら疲れるからね。二階で手習いでもやってなさい」

おちよが言った。

「うん、そうする」

「なら、おじちゃんが見てやろう」

客がおのれの胸を指さした。

「ほんと？」

「こう見えても、字はうめえんだ」

愛嬌《あいきょう》のある顔の男が言った。

「相済みません、お手数をおかけして」

おちよが申し訳なさそうに頭を下げた。

「料理はそろそろお出しできますので、頃合いを見てそちらに」

時吉が一枚板の席を示す。

「そりゃ楽しみだね」

客の表情がいくらか和《やわ》らいだ。

「では、裏手に階段がありますので」

おけいが先に立って歩きだした。

客と千吉が続く。

「おや、階段が二つあるんだね」

客が指さして言った。

「初めにつくった階段が急すぎたので、もう一つこしらえ直したんです」

おけいがいきさつを述べる。

「おすきなほうでどうぞ」

千吉がそう言ったから、場に和気が漂った。

「でも、坊、急なほうは先客がいるぜ」

客が手で示した。

のどか屋の猫ばかりでなく、近所の猫も階段がお気に入りらしく、さまざまな色と柄の猫たちが太平楽《たいへいらく》に寝そべっていた。

「じゃあ、こっち。千ちゃんが先に」

「千ちゃん、かい」

「うん、千吉」

「おいらは……元松《もとまつ》だ」

客は少し迷ってから名を告げた。

おけいは、おや、と思った。

本当の名なら、言いよどむはずはなかったはずだ。ことによると、わけあって本当の名を告げることができなかったのかもしれない。

旅籠にはいろいろな人が泊まる。かつては悪い人が泊まったこともあった。気になったおけいは、あとでおちよに伝えることにした。

三人はゆるやかなほうの階段を上った。

そこにも猫が一匹いた。のどか屋のちのだ。

おなかをごろんと見せて、妙な格好で寝ている。

「この子は人なつっこいので」

おけいが言った。

「茶白の縞柄か……娘がかわいがってた猫にそっくりだな。おお、よしよし」

元松と名乗った男は、猫のおなかをなではじめた。

ちのがたちまち気持ち良さそうにのどを鳴らす。

「娘さんがですか」

と、おけい。

「かわいがってたんだが……死んじまった」

客はそう答え、寂しそうに笑った。

二

「やっぱり、千ちゃんの言うとおりだったよ」

二階で手習いの稽古をしていた千吉が、戻るなり自慢げに言った。

「何が言うとおりだったの？」

おちよが問う。

「二階のお客さん、噺家さんだったの」

「噺家、って、落語をする人？」

「うん。浅草亭夢松《あさくさていゆめまつ》だって」

千吉は告げた。

「ああ、それで間《ま》があったのね」

おけいが独りごちた。

「間というと？」

「わが名を名乗るとき、ちょっと間があったので、嘘の名前なのかなと思ったんですよ。芸名にしようかどうか迷ったんですね」

おけいはほっとしたような顔つきになった。

「そう。なら、悪い人じゃないわね」

と、おちよ。

「向こうからあるいてきたとき、『あっ、噺家さん』って思ったの、千ちゃん」

千吉はなおも自慢げに言った。

「おまえは勘が鋭いからな」

一風変わった蟹《かに》料理の段取りを進めながら、時吉が言った。

「だれに似たのかしら」

おちよが笑う。

「だったら、あとで落とし噺でもやってもらえるかしら」

おけいが軽く首をかしげる。

「うん、聞きたい」

千吉は瞳を輝かせた。

その後も、客は次々に入ってきてくれた。

旅籠と小料理屋、両方の客が入ってくると、にわかにばたばたする。

「こっちは気を遣《つか》わなくていいよ」

元締めの信兵衛がおそめに言った。

「いつもの顔だからね」

一緒に入ってきた隠居が笑った。

ともに一枚板の席に陣取る。

ほどなく、岩本町の湯屋《ゆうや》のあるじの寅次《とらじ》と、野菜の棒手振《ぼてふ》りの富八《とみはち》も姿を現した。

こちらは座敷に腰を下ろす。

ちょうど肴ができた。

「お待たせしました」

おちよが徳利《とくり》とともに運ぶ。

「おっ、いきなり凝《こ》ったものが出たな」

岩本町のお祭り男が鉢をのぞきこんだ。

湯屋を女房と息子に任せて、ちょくちょくのどか屋へ油を売りにくる。大松屋のように内湯がないのどか屋へ足を運び、客を湯屋へ案内するためのつとめだと言ってはいるが、女房が鼻で笑うとおり、おのれが羽を伸ばしたいだけだった。

「いい香りだぜ」

富八がさっそく箸を取る。

こちらはまじめにあきないを終えている。のどか屋にも新鮮な野菜を届けてくれる重宝《ちょうほう》な男だ。

「ほう、蟹と蕪《かぶ》が一緒になってるんだね」

一枚板の席でも、隠居が食べはじめた。

「はい。葛《くず》あんでとろみをつけてありますので、熱いうちにお召し上がりください」

時吉が厨から言った。

櫛《くし》形に切った蕪を、あくを取りながらだし汁でやわらかくなるまで煮る。

そこに酒と味醂《みりん》と醤油を入れて味を調え、頃合いを見てほぐした蟹の肉を散らし入れて落とし蓋をする。

味がしみたところで、彩《いろど》りの莢隠元《さやいんげん》を入れてさっと煮る。仕上げに水溶きの葛粉を回し入れてとろみをつければ出来上がりだ。

「うまいね」

　隠居の目尻が下がる。

「いつもながら、来た甲斐があるな。蟹と蕪の掛け合いで、こんなにうまくなるのかよ」

　寅次が驚いたように言った。

「隠元がいい脇役をやってるぜ」

　富八だけはあきないものの青物をひいきにした。

「この料理の名は？」

　信兵衛がたずねた。

「加丹生煮《かにぶに》と名づけてみました。蟹と蕪の葛あん煮だと長すぎるので」

　時吉が答えた。

「そりゃ考えたね」

「なかなかに粋な名づけじゃないか」

　俳諧師でもある隠居が笑みを浮かべた。

　丹生《にぶ》は「にゅう」とも読む。朱《あか》い砂のことで、丹がつく名の土地でよく産する。蟹の赤みともうまく響き合わせた名だ。

　蟹はもうひと品、ゆでた足に二杯酢を添えた肴を出した。

こちらはまっすぐ面を取るような料理だ。蟹の甘みを味わえて、酒の肴にはうってつけだった。

「おかえり」

おちよが声をかけた。

裏手で朋輩と遊んでいた千吉が戻ってきたのだ。

「ただいま。千ちゃん、おけいこする」

わらべは包丁を動かすしぐさをした。

のどか屋の跡取り息子は、厨に踏み台を置き、小ぶりの包丁で「むきむき」や「とんとん」の稽古をする。思わずほっこりするようなさまだ。

「千坊の稽古のために、曲がった大根とかも入れてあるからよ」

富八が笑った。

「おう、皮をむいてやってくれ。漬物にするから」

時吉が言う。

「うん」

千吉が気の入った顔で包丁を握ったとき、旅籠に通じるほうののれんがふっと開いた。

顔をのぞかせたのは、おけいでもおそめでもなかった。

噺家だという客だった。

三

「いや、わたしゃ素人の噺家なんで」

元松が言った。

「でも、噺家さんなんでしょ?」

千吉が包丁の手を止めて訊く。

「なりわいにはしてなかったから、寄席にはもう出られないんだ」

浅草亭夢松という芸名の男はさびしそうに答えた。

「ああ、素人寄席はご法度になってしまったんだね」

元締めの信兵衛がうなずく。

「そうなんで。寄席もこれからだんだんに減ってくだろうっていう話で」

「野暮な話だな。んなもんまでご法度にしなくても良さそうなもんじゃねえか」

岩本町のお祭り男が座敷から言った。

「湯屋の二階でこそっとやったらどうですかい」

富八が水を向けた。

「お上《かみ》に知れたら、迷惑がかかりますんで」

元松がまじめな顔つきで言った。

「そうすると、あきないじまいかい？」

同じ一枚板の席に座った客に向かって、隠居の季川がたずねた。

「あきないじまい……」

元松の眉間に、すっと縦にしわが寄った。

「いや、あきないでやってたわけじゃないもんで」

素人の噺家だった男は、無理に笑顔をつくった。

「もう、おはなしはしないの？」

千吉が小首をかしげた。

「まあ、寄席にしなけりゃ、おとがめもないだろうからね」

元松が答える。

「わたしの古くからの俳諧の友も落語が好きでね。だいぶ弱ってきて、なかなか寄席にも足を運べないと嘆いていた。そういった人のために、落語を披露するっていう手もあるじゃないか」

隠居が水を向けた。

「なるほど……考えてみます」

そう答えたものの、元松の表情はいま一つさえなかった。

蟹のほかにも、料理は次々に出た。

蛤《はまぐり》も大ぶりのいいものが入っていた。

焼き蛤《はま》もいいが、今日は酒蒸《さかむ》しにした。

蛤は蒸しすぎると身が硬くなってしまうから、そのあたりの按配が勘どころだ。簡明な料理ほど奥が深い。

「かー、しみるなあ」

湯屋のあるじがうなった。

「この木の芽は、おいらが持ってきたやつで」

「ここは蛤をほめるとこだろう」

寅次があきれたように言ったから、のどか屋に和気が満ちた。

「ひじきとか、乾物を使った肴はありますかい？」

蛤の酒蒸しをしみじみと食べていた元松が、ふと顔を上げてたずねた。

「ひじきでしたら、ちょうど大豆との炊き合わせができたところです」

時吉が答える。

「なら、多めに」

「承知しました」

千吉が盛り役をやると言うのでやらせてみたら、椀に山盛りになった。

「ちょっと盛りすぎかも、千ちゃん」

ちらりと見たおけいが言った。

「はは、好物だから平気だよ」

元松が笑みを浮かべた。

「ご隠居さんと元締めさんは？」

時吉が問う。

「ああ、いただくよ」

「豆もひじきもぷっくりしてて、うまそうじゃないか」

二人の常連はすぐさま答えた。

「ほんに、いい按配の煮え加減で」

素人落語家だった男が満足げに言った。

ひじきと大豆を炊《た》き合わせただけの肴だが、豆を前の晩から水に浸けるなど、手間暇をかけている。

初めからひじきと大豆を煮ると、ひじきがやわらかくなりすぎてしまう。そこで、大豆がほわっとしてきた頃合いを見計らってひじきを入れてやるのが勘どころだ。

「ひじきは好物なのかい？」

隠居がたずねた。

「そうなんで。油揚げを入れたり、刻んだ人参を入れたりして、ほとんど毎日食ってました」

元松が答える。

「毎日召し上がってたんですか」

おちよが驚いたように言った。

「そりゃまあ、うちが……いや、まあ」

元松は妙な具合に言葉を呑みこんでしまった。

ややあって、寅次と富八が腰を上げた。

富八は長屋へ帰るだけだが、寅次は湯屋に戻らなければならない。

「お客さん、ちょいと歩きますが、うちの湯屋へどうです？　さっぱりしますぜ」

岩本町の名物男がとってつけたような呼び込みを始めた。

「うちは大松屋さんみたいに内湯はありませんが、寅次さんとこがその代わりでして」

おちよがうまく言葉を添える。

「だいぶ離れてるけどな」

と、富八。

「だったら、ちょいと浮世の垢《あか》も流してえもんで」

いくぶんは噺家の顔で、元松が答えた。

「千吉も行っといで」

おちよが声をかけた。

「うん」

千吉は包丁を置いた。

岩本町の湯屋まで寅次が案内しても、帰り道があやふやになったりしたら困る。そこで、千吉を一緒にやって、帰りの道案内役をやらせることもあった。

むろん、客を見定めてからだ。怖そうな客だったら、初手《しょて》から避ける。

その点、素人落語家の元松なら大丈夫だ。どこか影はあるけれども、悪い人ではないことは漂ってくる気ですぐ察しがついた。

「なら、行き帰りに小咄《こばなし》でもしてあげよう」

元松が言った。

「わあ、たのしみ」

千吉が瞳を輝かせた。

四

いい月が出ていた。

の、と記された提灯をさげて、小さい番頭さんが前を歩いていく。

湯にゆっくり浸かったあとは、二階で少し休んだ。

お菓子も食べた。元松が買ってくれたから、千吉は喜んで饅頭をほおばった。

あんまり遅くならないようにと、おちよからは言われている。ちょっと眠くなってきたから、千吉は元松に告げて、一緒に帰ることにした。

道々、小咄を聞いた。

一つずつ賛《さん》、詩《し》、悟《ご》と掛け軸の書の呼び名が上がっていって、次は「ろく」かと思いきや、「質《しち》の流れで買いました」と落とす調子のいい小咄は、わらべにはいささか難しかったけれども、オチはすっと入ってきたので、千吉は大いに笑った。

そんな按配で帰路をたどり、のどか屋の軒行灯が見えてきた。

「あっ、お出迎え」

千吉が前を指さした。

茶白の縞猫の親子、のどかとちのはいくつになっても仲良しだ。互いの体をぺろぺろとなめ合っているさまを見ると、思わず心がなごむ。

その二匹の猫が、「ようこそお帰り」とばかりにひょこひょこ歩いてきた。

「おお、ほんとにうちで飼ってた猫にそっくりだね。ことに、おまえさんが」

元松はそう言って、ちのがぴんと立てた短い尻尾にさわった。

「むすめさんがかわいがってたねこさん？」

案内するときに話を聞いていた千吉が問う。

「ああ。いつも一緒に寝てた」

いくらか遠い目で、素人落語家は言った。

「でも……死んじゃったんだね」

千吉はさびしそうに言った。

「いや」

元松は首を横に振った。

そして、こう明かした。

「死んだのは、娘のほうだったんだ」

第三章　雪化粧蒸し

一

「うまいねえ」

翌朝、豆腐飯を食べながら、元松が感に堪えたように言った。

「のどか屋の、めいぶつだから」

千吉が胸を張った。

「これを食べたいから、ここにしたんだ」

「ほんに、後を引く味だねえ」

前にも泊まってくれた客が笑みを浮かべた。

「はい、お待たせしました」

おそめがべつの客に膳を運んでいった。

「二階の『ろ』のお客さま、お発ちです」

おけいが旅籠のほうから声を響かせる。

符牒《ふちょう》があったほうがわかりやすいので、六つの部屋は「いろはにほと」と呼ぶことにした。「へ」は語呂が悪く、火消しの組にもなっていないから省《はぶ》き、二階の五部屋を「いろはにほ」、一階の一部屋を「と」にあてがうと、ちょうど按配が良くなった。最後まで開けてある一階の「と」の部屋が埋まらなかったら、「戸」締まりをする、と語呂《ごろ》も合う。

「はあい、ただいま」

おちよがあわてて手を拭いて見送りに出た。

「千ちゃんも」

小さい番頭さんも続く。

おけいとおそめ、それに、忙しいときに手伝いに来るおこうは、日が落ちる前に浅草の長屋へ引き返していく。その代わり、朝は早く来て、あれこれと手を動かしてくれるから大いに助かる。

「切干大根と油揚げの煮物か……これもよく食った」

素人落語家は、しみじみとした口調で言った。

「お味はいかがです？」

手を動かしながら、時吉がたずねた。

「ああ、戻し方の加減がちょうどいいね。おかげで味がよくしみてる」

「ありがたく存じます」

「それから……こいつがいい仕事をしてら」

元松はあるものを箸でつまみあげた。

余った魚を使って練り物にし、丸い形にまとめて揚げたものを切って、煮物に加えていた。

「丸揚げと呼んでいます。揚げたてをそのまま切って、生姜醤油につけて食べてもおいしいんですが」

時吉が説明した。

薩摩《さつま》揚げという食べ物の名は、当時の江戸にはまだなかった。薩摩の串木野《くしきの》でよく似た「つけあげ」がつくられるようになるのは、いま少し時が経ってからのことだ。

「へえ、初めて食った」

元松がそう言ったとき、旅籠に通じる入口のほうからおそめの声が響いた。

「あら、伯母さん、ご苦労さまです」

おそめの伯母は乾物屋《かんぶつや》だ。

多助との祝言にも来たから縁ができ、のどか屋にも品を入れてくれるようになった。

「元気かい、おそめちゃん」

「ええ、おかげさまで」

「多助さんと仲良くしてるかい？」

「うん」

「ほんとに、仲むつまじくて、まわりまでほわっとするくらいですよ」

おちよが伝えた。

「そうですか。今日はいい昆布が入ったので」

その声を聞いて、時吉が手を止めて歩み寄った。

「昆布ですか。そろそろ仕入れなきゃと思ってたところなんです」

時吉は笑みを浮かべた。

「大坂《おおさか》の問屋さんから、とくにいい品を回してもらったんです」

おそめの伯母のおきんがそう言って荷を下ろした。

昆布は北国《ほっこく》の蝦夷《えぞ》地《ち》から北前船《きたまえぶね》で運ばれてくる品がいちばんいい。廻船はもっぱら西廻りで、若狭《わかさ》の敦賀《つるが》などに立ち寄り、京や大坂で加工されることが多かった。さらに、西国に船は廻り、薩摩や琉球《りゅうきゅう》、さらに清《しん》国にまで運ばれていった。

東廻りの廻船もあるにはあるが、これは荒海を乗り切らねばならない。時化《しけ》に見舞われたら沈みかねないから、よほどのことがなければ用いられなかった。

その昆布を運んできた乾物屋のおきんが、ふと見世にいた客を見て目をまるくした。

「あらっ、栄屋《さかえや》さん？」

おそめの伯母が指さしたのは、のどか屋の朝膳を食べていた元松だった。

二

「ばれちまったら、仕方がねえな」

素人落語家は苦笑いを浮かべた。

「と言うと、お客さんも乾物屋で？」

時吉の顔に驚きの色が浮かんだ。

「栄屋さんとは、乾物屋の講でご一緒したことがあるもので」

おそめの伯母はいくらかあいまいな顔つきで言った。

「それで、ひじきを毎日召し上がっていたんですね」

おちよがうなずく。

「おじちゃん、かんぶつやなの？」

千吉が無邪気に問うた。

「前はな」

元松は短く答えて箸を置いた。

その表情で察しがついた。おきんがあいまいな顔つきをしていたわけも分かった。もういまは見世をたたんでいるのだろう。

時吉はそう察し、あえて何も言わなかったが、わらべはそんなことをまるで斟酌《しんしゃく》しない。

「いまはやってないの？」

千吉はずけずけと訊いた。

「つぶしちまったんだよ」

元松は苦笑いを浮かべた。

おちよが茶を運ぶ。千吉に向かって、「これ以上は訊いちゃだめよ」とまなざしで伝えると、利発なわらべは小さくうなずいた。

「栄屋さんには、あるじもお世話になりまして」

　おそめの伯母は、まだ少しあいまいな顔つきで頭を下げた。

「ああ、こちらこそ。おのれの不始末で親からもらった見世をたたんじまって、面目《めんぼく》ねえこって」

　元松はそう言って、苦そうに茶を呑んだ。

「人手に渡った乾物がうちにも流れてきて、栄屋さんのあきない物だったと聞いてびっくりしたんです」

　伯母の言葉を聞いて、おそめも気の毒そうな顔つきになった。

「とんだ栄屋でさ。見世が栄えるどころか、左前でつぶしちまったんだから」

　元松は吐き捨てるように言うと、顔をしかめて残りの茶を呑み干した。

三

　昼膳には牡蠣飯《かきめし》を出した。

　江戸前の真牡蠣《まがき》は冬場のいまが旬だ。

　牡蠣飯には小粒のもののほうが合う。塩水で洗い、水気を切ってから、さっと湯通しして霜降りにすると、ぎゅっとうま味が封じこめられる。

米を土鍋で炊き、湯気が出ているところで牡蠣を投じ入れる。炊き上がったら素早く混ぜ合わせ、しばらく蒸《む》らしておく。

牡蠣飯を器によそい、だし汁を張る。だしに塩と醬油で味を調《ととの》えたものだ。牡蠣の味を殺さぬように、薄めの味つけにする。

薬味はおろし大根に柚子《ゆず》の皮。仕上げに黒胡椒《くろこしょう》を振れば、上品にして野趣にもあふれた牡蠣飯の出来上がりだ。

「いい日に当たったぜ」

「牡蠣がぷりぷりしてて、泣けてくるぜ」

「これなら何杯でもいけるぞ」

近くの普請場に来たとおぼしい左官衆が口々に言った。

「薬味のまぜ方でも味が変わるんだ」

「小粋じゃねえかよ」

「だしの按配もちょうどいいや」

どの客も笑顔になった。

好評のうちに昼膳が終わり、短い中休みに入った。

長逗留の客には、日ごとに布団などを換えるかどうかあらかじめ聞いておく。それには及ばないという返事だったら、宿賃をいくらか安くするようにしていた。

その日の長逗留の客は元松だけだった。布団はそのままでということだったから、手間はかからない。

昼前から姿が見えないと思ったら、寺子屋帰りの千吉が近くでばったり会った。

「あっ、おじちゃん」

朋輩《ほうばい》と一緒に歩いていた千吉が、先に気づいて声をかけた。

「おう、千坊か」

「何してたの？」

千吉がたずねた。

「昼はのどか屋じゃなくて、蕎麦《そば》を食ってきたんだ」

元松が答える。

「おそば、すきなの？」

「まあな。だしに昆布も使うから、得意先だったんだ」

栄屋のあるじだった男は、寂しそうに答えた。

「おそば、たべにくい」

千吉の朋輩がだしぬけに言った。

「おそばって、たべるんじゃなくて、たぐるんだよ、こうやって」

千吉はわらべなりに通《つう》ぶったしぐさをした。

「ふーん、そうなんだ」

朋輩がうなずく。

「おじちゃんが手本を見せてやろう」

浅草亭夢松と名乗っていた男はそう言うと、ふところからやおら扇子《せんす》を取り出した。

それを箸に見立て、ずずっと音を立てて蕎麦をすするしぐさをする。

「わあ、じょうず」

「ほんとにたべてるみたい」

「もっとやって」

わらべたちは手を打って喜んだ。

「なら、噺《はなし》も聞かせてやろう」

元松はそう言って、通りに立ったまま「時そば」を演《や》りだした。

「おっ、なんでえ、噺家かい」

「ちょいと聴いてくか」

通りかかったそろいの半被《はっぴ》の職人衆が足を止めた。

元松は浅草亭夢松の顔になって、声の調子を変えた。

だが……。

いよいよさげに入るという頃合いに、小男が一人、十手《じって》をかざしながら近づいてきた。

「おうおう、素人の落語の集まりはご法度になったんだぜ。知らねえかい」

人相の悪い十手持ちが凄んでみせた。

「あ、相済みません」

元松はあわてて頭を下げ、扇子をふところにしまった。

「いいじゃねえかよ、銭を取ってるわけじゃねえんだから」

「おれらが勝手に聴いてたんだからよ」

「もうちょっとでさげだったたのによう」

職人衆が口々に言った。

「てやんでえ。ご法度はご法度でい」

頭の堅そうな十手持ちがつばを飛ばしながら言う。

「どうして、ごはっとなの？」

千吉が不満げに問うた。

「そう決まったんだ」

「どうして決まったの？」

「つべこべ言うんじゃねえや。お上に逆らう気か」

そう言ってやにわに十手をかざされたから、千吉はひと息置いて、わっと泣きだした。

つられて朋輩まで泣きだす。

「わらべをいじめなくったっていいじゃねえかよ」

「そうそう、何がご法度でい。素人落語のどこがいけねえんだよ」

「どうかしてるんじゃねえかよ、近ごろのご政道は」

気が短い職人衆が不満げに言った。

「なんだと？　文句があんなら、番所で聞いてやるぜ」

「まあまあ」

元松が割って入った。

「もういたしませんので、どうか収めてくださいまし」

おのれのせいで職人衆に累《るい》が及んだりしたら大事《おおごと》だ。元松は必死の形相で言った。

その後も押し問答が少し続いたが、職人衆も矛《ほこ》を収めた。

「お上に楯突《たてつ》いたら、ろくなことにならねえからな。覚えとけ」

たちの悪い十手持ちは、捨てぜりふを吐いて去っていった。

四

「すまなかったな、千坊」

元松が言った。

両国橋の西詰にある汁粉屋だ。

千吉がなおもしばらくめそめそしていたから、元松がつれてきた。甘みを控えた汁粉に、こしのある大きな焼き餅が入っている。ここいらでは名の通った見世だ。

「ううん、びっくりしただけ」

千吉はやっと笑顔になった。

「そうかい。おいらのせいで悪かったな」

元松はなおも謝った。

「うん、でも……」

千吉はまだ片づかない顔で続けた。

「どうして、しろうとの落語はいけないの?」

小首をかしげて問う。

「さあ、どうしてかな」

元吉はさびしそうに答えた。

「お上がそう決めたんだ。仕方ねえじゃねえか。さ、食いな」

身ぶりをまじえて言うと、わらべはこくりとうなずいて匙を取った。

汁粉を食べ終えた二人は、両国橋を渡って戻ることにした。

橋の上り下りはいささか難儀だが、まだ左足に道具を付けているとはいえ、千吉は無難にこなしていた。

「呼び込みには間に合うかい」

元松は問うた。

「わかんない。でも、べつに千ちゃんがいなくてもいいの」

「はは、そうか」

「あっ、お船」

千吉は川の上手《かみて》を指さした。

「ああ、船だな」

両国橋の下へ、荷を積んだ船がいまにも消えるところだった。

「船は好きかい？　千坊」

元松はたずねた。

「うん」

千吉は元気よく答えると、往来がないことをたしかめてから、橋を横切って下手《しもて》のほうへ移った。

「あっ、見えた」

千吉が指さした。

「ああ、見えたな」

元松が笑みを浮かべた。

「あいつも、こうやってここから船を見るのが好きだった」

半ば独りごちるような声だったが、千吉には聞こえていた。

「あいつって？」

振り向いて問う。

「おいらの娘さ。たった十で死なせちまった」

元松は何とも言えない顔つきで答えた。

「そう……」

千吉が神妙な顔つきになる。

「おさえは寄席が好きでな。ちっちゃいころから、よくおいらがつれていってやってたんだ」

わらべと並んで船を見ながら、元松は言った。

「それで、噺家さんに？」

千吉が問うた。

「もともと、好きでちょいとやってたんだがな。あいつが病にかかってから……」

元松はそこで言葉を呑みこんだ。

急に胸が詰まってしまったからだ。

寄席に行けないおさえのために、家でいくたびも落語を演じた。

初めのうち、娘はまだころころ笑ってくれた。

よく笑う娘だった。

いまでも耳に響いてくる。

しかし……。

日を追うごとに、その笑い声は弱々しくなっていった。

笑えば身の中に気が満ちて、病が癒《い》えるかもしれない。

医者がそう言ったから、元松は懸命に演じた。

本当は泣きたいのに、ぐっとこらえて面白い顔をつくった。

だが、その願いもむなしく……。


「おじちゃん」

わらべの声で我に返った。

「ああ、すまねえ……むかしのことを思い出してな」

「もどろう」

千吉が言った。

「ああ。呼び込みをしねえといけねえからな」

元松は笑顔をつくった。

五

どこかでわらべ唄が聞こえる。

何人かいるようだが、そのうちの一人は千吉だ。

「唄の下手《へた》なところはおれに似たな」

厨で手を動かしながら、時吉がおちよに言った。

「わたしだって、上手《じょうず》じゃないよ」

おちよが答える。

もう日はだいぶ西に傾いてきた。

一枚板の席には、隠居の季川と元締めの信兵衛が並んで座っている。

「わたしゃ、動く置物のようなものだからね」

隠居がそんな戯《ざ》れ言《ごと》を飛ばしたように、のどか屋ではおなじみの景色だった。

座敷にもなじみの顔がいた。

馬喰町《ばくろちょう》の一膳飯屋、力屋《ちからや》のあるじの信五郎《しんごろう》とその娘のおしのだ。

「ほら、びろーん」

おしのが黒猫のしょうの手足を伸ばしている。

生まれたときから旅籠付きの小料理屋の猫だから、人には慣れている。ひとかどの大きさになった猫はなすがままになっていた。

「いいわね、しょうちゃん」

おそめが笑う。

のどか屋には猫縁者がたくさんいるが、力屋もその一人だ。かつてはのどか屋で飼われていたやまという猫は、いまはぶちと名を改めて力屋の入り婿めいたものになっている。

荷車引きや駕籠かきや飛脚などに、身の養いになって馬力の出る料理を出している飯屋の猫だから、いまも丸々と太っているらしい。

「まあ、でも、包丁の技はおとっつぁんから受け継ぐだろうからね、千坊は。べつに唄なんか下手でもいいよ」

元締めの信兵衛はそう言って、ひじきの胡麻和えに箸を伸ばした。

干し椎茸と合わせ、糸がつおを天盛りにした小鉢だ。もと乾物屋で毎日ひじきを食べていた元松のためにつくったような肴だが、どこへ行ったのか、まだ帰ってこない。

「わたしじゃなくて、ちよのほうから手先の器用さを継いだようです」

厨で包丁を動かしながら、時吉が言った。

むろん、時吉もひとかどの料理人だが、包丁の細工仕事だけならおちよのほうが腕は達者だった。

「勘の鋭いところも継いでるかも、あの子」

おちよが小首をかしげた。

「おちよさんの勘ばたらきは鋭いからね」

俳諧の師匠の隠居が笑みを浮かべた。

次の肴ができた。

「このお料理の名は？」

座敷に運ぼうとしたおけいが問う。

「鯛《たい》の……何がいいでしょうね」

時吉は一枚板の客に問うた。

「上にかかっているのは、とろろと青海苔だね？」

隠居がのぞきこんでたずねた。

「ええ。鯛の酒蒸しの上にかけてあります」

「だったら、鯛の雪化粧蒸しがいいんじゃないかな。切り身が美しい雪化粧で覆われてるから」

「さすがはご隠居、すぐ案が出てきますね」

元締めがひざを打った。

「では、その鯛の雪化粧蒸しでございます」

いくらか芝居がかった口調で、おけいが座敷に運んでいった。

「わあ、きれい」

力屋の看板娘のおしのが瞳を輝かせた。

「うちではこんな凝ったものを出せないからね」

信五郎がさっそく箸を取る。

力屋は朝が早く、わりかた早く閉める。そのあとにこうやって、猫見物がてらのどか屋に足を運ぶことが間々《まま》あった。

「うーん、この鯛は技を使ってますね」

信五郎がうなった。

「身に昆布の下味がいい按配についてるねえ」

一枚板の席から、隠居も和す。

酒塩にほどよくつけた鯛の切り身を、酒で洗った昆布にのせて蒸す。さらに、とろろをのせて仕上げ蒸しをし、青海苔を振れば、見てよし食べてよしの雪化粧蒸しの出来上がりだ。

「おいしい。こんなの、食べたことない」

おしのが顔をほころばせた。

「そうだな。うまいな」

父の力屋のあるじが和す。

「うちでも出そうよ、おとっつぁん」

「そりゃ駄目だ。うちのお客さんに出すとしたら、ただのとろろ飯だな。青海苔もいらない」

信五郎はあきない人《びと》の顔で答えた。

そうこうしているうちに日はさらに西へ傾き、のどか屋の手伝いの女たちが戻る頃合いになった。

「そろそろ帰るかね」

一枚板の席から元締めが腰を上げたのをしおに、座敷でも力屋の父と娘が帰り支度を始めた。

「じゃあ、またね」

すっかりなついた黒猫に向かって、おしのが言った。

「みゃ」

また来てにゃ、と言わんばかりに、しょうが短くないた。

六

入れ替わるように、千吉と元松が帰ってきた。

ずっと一緒だったわけではなく、通りでたまたま出会ったらしい。元松はかつての得意先へ挨拶に行ってから、大川端《おおかわばた》をぶらぶらと歩いていたらしい。

「川筋は寒かったろう」

隠居がそう声をかけ、お座りなさいと手招きをした。

「へい、水が冷たそうで」

妙にあいまいな顔つきで、素人落語家は答えた。

「乾物の料理をいろいろこしらえておきましたので」

時吉が笑みを浮かべた。

「そうですか。そりゃ、食い……いや、ちょうど按配がいいですな」

元松は無理に表情をつくって答えた。

千吉は厨に入り、踏み台の上に乗った。そうしてみると、父の時吉と肩が並ぶ。

まずは熱燗にひじきの胡麻和《ごまあ》え、それに、満を持《まんじ》して寒鮃《かんびらめ》の竜皮《りゅうひ》昆布巻きを出した。

竜皮昆布は牛皮《ぎゅうひ》昆布とも言う。やわらかい昆布を酢に砂糖を混ぜたものに浸けてつくる。

この上に、酢にくぐらせた鮃の身をのせ、おろし山葵《わさび》を長細くのばして置く。

これをきつく巻いて、昆布の味がしみるまで半日ほど落ち着かせる。保《も》ちのいい冬場ならではの肴だ。

「はい、お待ち」

食べよい長さに切った昆布巻きを、時吉は一枚板の席の客に出した。

「つぎは、なに?」

大根のむきむきの稽古をしていた千吉が問う。

「だいぶ冷えてきたから、煮奴《にやっこ》をつくるか。豆腐を切ってくれ」

「うん」

わらべは気の入った声で答えた。

「こりゃあ、絶品だね」

寒鮃の竜皮昆布巻きを食すなり、隠居が声をあげた。

「ありがたく存じます」

時吉が笑みを浮かべる。

「お帰りなさいまし」

おちよが客に声をかけた。

戻ってきたのは、「は」の部屋の二人づれだった。

どちらも越中《えっちゅう》の薬売りだ。口から口へとのどか屋の評判が伝えられ、このところは薬売りもよく定宿《じょうやど》にしてくれる。

「ああ、寒かった」

「富山《とやま》よりはましだっちゃ」

二人はそう言いながら座敷に陣取り、熱燗を所望した。

「寒鮃の竜皮昆布巻きでございます。これから煮奴もおつくりしますので」

おちよがさっそく肴を運んでいった。

「山葵がはらわたに響くみてえだ」

元松がしみじみと言った。

「まま、一杯」

隠居が酒を注ぐ。

「ありがてえ……」

素人落語を禁じられた男がこくりと頭を下げ、注がれた酒をきゅっと呑み干した。

「できた！」

千吉の元気のいい声が響いた。

「おう。わりかたうまくできてるな」

豆腐の切り方をあらためてから、時吉が言った。

「だいぶ腕が上がってきたね」

隠居が目を細める。

「行く末は、おとっつぁんの跡を継いで料理人かい？」

元松が問うた。

「うんっ」

千吉は力強く答えた。

おちよが座敷に酒を運んでいった。

竜皮昆布巻きを肴に、さっそくさしつさされつを始める。

「うまいっちゃ」

「江戸でしか食えんな」

「のどか屋は酒も肴もうまい」

二人の客はすっかりご満悦だった。

続いて、煮奴が来た。

だしに醤油と味醂を加えた甘辛い江戸の汁で、豆腐をぐつぐつと煮込んだだけの簡明な料理だが、冬場はこれにかぎる。五臓六腑《ごぞうろっぷ》にしみわたるうまさだ。

煮奴は一枚板の席にも出された。

匙ですくった豆腐を胃の腑に落とした元松は、はあっと一つ太息をついた。

「うまいね」

隣で隠居が言う。

元松は無言でうなずいた。

「ところで、乾物屋をたたんだあと、いまは何をなすってるんで？」

隠居が穏やかな声で問うた。

「いや、何も」

元松は苦笑いを浮かべた。

「どんづまりまで来ちまったもんで……」

「なら、そこが始まりになるさ」

隠居はそう言って励ました。

そこで新たに、いくたりかの人が入ってきた。

ただし、客ではなかった。

そろいの半被をまとったよ組の火消し衆だ。

「これから夜廻りなんだが、茶をくれるかな、おかみ」

かしらの竹一《たけいち》がおちよに声をかけた。

ここいらは、に組の縄張りだが、のどか屋が三河町にあったころから懇意にしてくれているよ組の火消し衆は、折にふれてのどか屋ののれんをくぐってくれる。

火消し同士の縄張り争いはあるにはあるが、竹一は数いる火消しのかしらのなかでも顔役で、江戸で大火を出さぬように腐心しているから、こうして縄張りの外まで出《で》張《ば》ってくることもしばしばあった。

「はい、ただいま。ご苦労さまでございます」

おちよがすぐさま言った。

手が足りないから、千吉まで盆に載せた湯呑みを運んだ。

「おっ、千坊、ありがとよ」

「上手に歩けるようになったな」

纏《まとい》持ちの梅次《うめじ》が笑顔で茶を受け取った。

「ちゃんと走れるんだよ」

千吉はいくらか不平そうに言った。

「そうか。なら、今度かけっくらをしようぜ」

「兄ィが負けたりしてよ」

「はは、そうかもしんねえ」

そんな按配で、ひとしきり話の花が咲いた。

その一方で、元松は黙々と匙を動かしていた。

残り少なくなった煮奴の土鍋をじっと見つめて、またため息をつく。

「どうしたの？　おじちゃん」

空《から》の盆を手に戻ってきた千吉が、いぶかしげに声をかけた。

「……いや、どうもしねえさ」

元松は寂しそうに笑った。

その表情を見て、時吉とおちよはふと顔を見合わせた。

第四章　大川端へ

一

元松はのどか屋の天井を見上げていた。
風の音が聞こえる。
夜が更けるにつれて、ずいぶん風が出てきた。
その風の音に、かすかな声がまじってるような気がした。
「おとっつぁん……」
娘の声だ。
あの世から、おさえが呼んでいる。
元松は瞬きをした。

一度は心に決めたことなのに、まだ踏ん切りがつかなかった。

旅籠の部屋で一人、仰向けになって暗い天井を見つめながら、素人落語を禁じられた男は来《こ》し方を振り返った。

せんじつめれば、こうなってしまったのは身から出た錆《さび》だった。

元松にとっての乾物屋は、あくまでも親から受け継いだ家業だった。父は一生をかけてあきないに打ちこみ、栄屋ののれんを守ってきた。得意先を大事にし、額に汗して働いたおかげで、人も使えるようになった。身代《しんだい》と言うほど大きくはないが、栄屋の信を築いてきた。

しかし……。

元松はそうではなかった。あきないは家業だから、しょうことなしにやっていただけだった。

女房のおれんは得意先の娘で、父がまだ存命中に縁談がまとまった。好き合って一緒になったわけではない女房は、家業に身が入らない亭主に向かって、折にふれて小言を言っていた。

道楽で始めた素人落語に、元松はどんどん入《い》れこんでいった。

落語の筋は良かった。爆笑噺も人情噺も、巧みにこなした。

本物の噺家にならないかと、寄席の席亭から声がかかったときには、ずいぶんと心が動いたものだ。

だが、すんでのところで思いとどまった。まだ小さい娘が嫁に行くまでは、家業の乾物屋をやめるわけにはいかなかった。

家業に身が入らないとはいえ、父が築いた栄屋はそう簡単には傾かなかった。

ただし、少しずつ坂を下っていった。

元松はまた瞬きをした。

暗い天井に娘の顔が浮かぶ。

女房はいい顔をしなかったが、娘のおさえは父の落語を喜んで聞いてくれた。楽しいことが何より好きな娘だった。

両国の川開きには、いつも花火を見物しにいった。元松に肩車されたおさえは、声をあげて喜んでいた。

その声が、つい耳元で響いたような気がした。

小咄をするたびに、おさえはころころと笑った。その笑顔が見たくて、元松は折にふれて面白い咄を思案していた。

「おまえが大きくなって、お婿さんを取って乾物屋を継いでもらったら、おとっつぁんはほんとに噺家になるからな」

元松はよくそう言っていたものだ。

しかし……。

その絵図面がうつつのものとなることはなかった。

おさえが病の床についてしまったのだ。

さまざまな医者にかかり、ほうぼうの薬を試してみたが、娘の病状が良くなることはなかった。乾物屋は憂色に包まれた。

それでも、おさえは笑みを絶やさなかった。

にぎやかなこと、楽しいことが何より好きだった娘は、父に落語をせがんだ。たった一人の客を相手に、元松は懸命に演じた。

おさえが笑えば、病が逃げる。

そう信じて、心をこめて演じた。

だが……。

娘の病は悪くなる一方だった。

神信心もした。近くの神社へお百度も踏みにいった。

しかし、効き目はなかった。

おさえはもう身を起こすこともできなくなった。

「ごめんね、おとっつぁん」

気だてのいい娘は、かすれた声で言った。

「きっと治るからな」

おさえの手をしっかりと握り、元松は言った。

娘は弱々しくうなずいた。

そして、少し考えてから言った。

「……『時そば』やって、おとっつぁん」

「ああ」

元松は泣きたい気持ちをぐっとこらえ、娘がことに好んだ噺を演《や》りだした。

しかし、さげまで持っていくことはできなかった。

胸が詰まって、声にならなくなった。

元松は泣いた。

男泣きに泣いた。

そんな父に向かって、おさえは細い声で言った。

「ありがとう、おとっつぁん」

病でさぞやつらかろうに、娘は父の労をねぎらった。

元松は答えることができなかった。

目に手拭を押し当てたまま、わずかにうなずいただけだった。

二

おさえがこの世を去ったのは、それから三日後のことだった。

たった一人の娘は、まだ桃割れを結う前に、あわただしくあの世へ行ってしまった。十になって、まだそれほど日数が経っていなかった。

葬儀が終わると、元松は腑抜けのようになってしまった。

栄屋は火が消えたようになった。

あきないにはまったく身が入らなかった。娘のために続けてきた家業だ。得意先を回る元松の足取りは重かった。

女房のおれんが愛想を尽かして出ていくまで、さほどの時はかからなかった。

「あの子じゃなくて、あんたが死ねばよかったのよ」

続けざまに得意先をしくじった元松に向かって捨てぜりふを吐くと、おれんは荷物をまとめて栄屋から出ていった。そして、二度と戻らなかった。

ほどなく、乾物屋はつぶれた。

父の代にはそれなりに羽振りの良かった栄屋は、いともあっけなく見世じまいになってしまった。

残った銭を巾着に入れると、元松はおさえと一緒に行ったなつかしい場所を回りはじめた。

行く先々で新たな涙が流れた。

娘の思い出、その声や表情はありありとよみがえってくるのに、おさえはいない。おさえだけが、ここにいない。

寄席にも行った。

娘が亡きいま、元松に身の拠《よ》りどころがあるとしたら、落語だけだった。

だが……。

あろうことか、素人寄席はお上から禁じられてしまった。むかしからある決められた寄席でしか、落語を演じてはいけないことになってしまったのだ。

しかも、どうにか認められた寄席でも、なるたけ落語ではなく心学《しんがく》の講義などをせよ、などという野暮な説教をされているらしい。とかく気詰まりな世の中になった。

元松の居場所は、どこにもなかった。

いや、一つだけあった。

元松は、いままさにそこへ赴こうとしていた。

娘の待つ、あの世だ。

しばらく風の音を聞きながら天井を見つめていた元松は、意を決したように身を起こした。

ほっ、と一つ長い息をつく。

床から出た元松は、布団をきれいに畳むと、枕元に巾着を置いた。それが残りの宿代になる。

いくらか多いが、余った分は千坊のおやつ代にしてほしい。

そう書き残しておこうかと思ったが、そこまで手間をかけて行灯に火を入れる気はしなかった。

「世話になりました」

小声で独りごちると、元松は部屋を出た。

のどか屋の家族の部屋から、寝息が聞こえてきた。

「立派な料理人になりな、千坊」

仲良くなった千吉に、心のうちで語りかける。

ずいぶんと冷えてきた。

元松は一つ大きなくしゃみをした。

あわてて口に手を当て、元松は部屋の前を通り過ぎた。

そして、裏手の階段を下り、夜の闇にまぎれていった。

三

千吉は気がかりな夢を見ていた。

おじちゃんと一緒に、両国橋の上から船を見ていた。

「あっ、またおふねが来た」

川の上手《かみて》から進んでくる船を見つけるたびに、千吉は指さして喜んだ。

しかし……。

そのうち、おじちゃんの姿が見えなくなってしまった。

「おじちゃん？」

声をかけたが、元松はどこにもいなかった。
あたりが急に暗くなった。
ふと気がつくと、両国橋に人気《ひとけ》がなくなっていた。
だれもいない。
夢の中で、千吉は下流のほうを見た。
橋の逆側に移り、目を凝らす。
大川端に、ぽつんと一つ、人影が見えた。
「おじちゃん！」
大きな声で叫ぶと、人影ははっとしたように千吉のほうを見た。
そして、ゆっくりと右手を挙げた。
「なにしてるの？」
千吉はたずねた。
答える代わりに、元松は両手を合わせた。
いけない、と千吉は思った。
勘の鋭いわらべは、おじちゃんが何をしようとしているのか、すぐさま察した。
「おじちゃん、やめて」

千吉はおのれの声で目をさました。
ゆめ?
千吉は瞬きをした。
しかし、ほっとはしなかった。
まだかすかな気配が残っていた。
千吉はむくむくと起き上がった。
客が泊まっている部屋へ向かう。
障子を開けたが、元松の姿はなかった。
だれもいない。
夢の中に続いて、うつつでも千吉は「いけない」と思った。
あとを追わなければならない。おじちゃんが川へ身を投げてしまう。
そう思うと、もう矢も盾もたまらなくなった。
時吉とおちよには何も告げず、千吉は階段のほうに向かった。

四

千吉は走った。

左足がだんだんに治り、走れるようになった足を懸命に動かして走った。

そのさまを、猫たちが驚いたように見送る。

ほどなく息が切れた。

あまり長く走る稽古はしていない。半町（約五十メートル強）も進まないうちに、千吉のあごが上がった。

「あっ」

わらべは声をあげた。

小石につまずき、倒れてしまったのだ。

だいぶ息が上がっていた。

千吉はすぐ立ち上がることができなかった。

同じころ――。

のどか屋でおちよが目を覚ました。

何か気がかりな夢を見ていたような気がするが、思い出せない。

ふと見ると、隣に千吉がいなかった。いつも川の字になって寝るのだが、わが子の姿がなかった。

厠《かわや》へ行ったのだろう、と初めは思った。

だが、妙な胸さわぎがした。

千吉の勘の鋭さは母ゆずりだ。おちよの勘ばたらきは、これまでいくたびもの危機を救ってきた。

時吉は起こさず、階段を下りて厠を見にいった。

しかし、千吉の姿はなかった。

代わりに、のどかがいた。月あかりに照らされ、茶白の柄がぼんやりと見えた。

「千吉を知らない？　のどか」

おちよはのどか屋の守り神にたずねた。

「……みゃ」

猫は気遣わしげにないた。

「千吉？」

おちよは声をかけた。

厠へ下りたついでに、猫と遊んでいるのではないかと思ったのだが、わらべの気配はどこにもなかった。

おちよはあわてて戻った。

月あかりは旅籠の二階にも差しこんでいた。

そのおかげで、見えた。

客室の一つの障子が開いている。

おちよの胸さわぎが募った。

「もし、お客さん」

声をかけたが、返事はなかった。

恐る恐るのぞきこんでみると、人影はなかった。

きちんとたたまれている布団を見て、いけない、と思った。

つじつまは合わなかったが、常ならぬことが起きているのは分かった。

「おまえさん。ちょいと、おまえさん」

おちよは大急ぎで時吉を起こしにいった。

「起きておくれ、おまえさん。千吉がいない！」

時吉は目をさました。

若い頃の剣術の修行で、すぐ飛び起きる修練は積んでいる。

「どうした？」

「千吉の姿が見えないの。乾物屋のお客さんもいない。厠にはいなかった」

その言葉を聞いて、時吉ははっとして飛び起きた。

「かどわかしか？」

おちよの表情が変わった。

「か、かどわかし……」

考えたくないが、小さい頃に千吉はかどわかしに遭ったことがある。あのときはずいぶんと気をもんだものだ。

「提灯だ」

時吉は短く言うと、客の部屋をあらためた。

枕元に巾着が置いてあった。中に銭が入っている。

「はいよ、おまえさん」

ややあって、おちよが火の入った提灯を渡した。

「おう」

枕元を照らしたが、書き置きのたぐいは見当たらなかった。

「どこへ行ったんだろう」

おちよがおろおろしながら言った。

「とにかく探そう」

時吉は提灯をかざした。

五

「千吉！」

「千ちゃん、どこにいるの？」

時吉とおちよは声を発しながら探した。

二人が向かったのは、両国橋のほうだった。

いつものどか屋を出て、両国橋の西詰へ客の呼び込みに行く。乾物屋の元松もその呼び込みでのどか屋に来た。足が向かうとしたら、そちらのほうだろう。

二人はそう察しをつけた。

「千吉、どこにいるんだ？」

「帰っておいで、千吉」

時吉とおちよは必死に叫んだ。

そのうち、家並みをはさんだ向こうの通りで人の気配がした。話し声も聞こえる。

ほどなく、提灯の灯りが揺れ、いくたりもの人影が現れた。

「のどか屋さんかい？　どうしたんだい」

聞き覚えのある声が響いた。

よ組のかしらの竹一だ。

提灯に「の」と記されているし、千吉の名を呼んでいた。火消しはすぐさま察しをつけた。

「千吉がいなくなったんです。泊まりのお客さんも」

時吉は口早に告げた。

「ひょっとして、かどわかしかい」

纏持ちの梅次の顔つきが変わる。

「そうじゃなきゃいいんですけど」

半ば泣きそうな顔でおちよが言った。

「よし、手分けして探せ」

竹一がただちに命じた。

「合点《がってん》で」

火消し衆の声が響いた。


そのとき――。

元松は大川端にいた。

月あかりが流れる水を照らしている。

川べりの風はことに冷たかった。耳がちぎれそうなほど凍《い》てついた冬の風だ。

元松は肩をすくめ、じっと川面を見つめていた。

風でさえ、こんなにも冷たい。

水はもっと冷たいだろう。

しかし……。

元松は二度、三度と首を横に振った。

あの世にいる娘は、もっと冷たい思いをしているかもしれない。

たった一人で、寂しい思いをしているだろう。

早く行ってやらなければ……。

今度は首が縦に振れた。

一度だけうなずくと、元松は履き物を脱いだ。

足の裏に、ひやりとした感じが走った。

六

千吉はもう走れなくなった。

精一杯走ったけれども、まだ左足に添え木がついているわらべには、長く走ることは無理だった。

息も切れた。

再び立ち上がって走りだしたが、道の壊《く》えに足を取られた千吉は、ばったりと両手をついて倒れこんだ。

その耳に、声が届いた。

「千吉……」

「千ちゃん、どこにいるの……」

わらべは顔を上げた。

「おとう！　おかあ！」

千吉は精一杯の声で叫んだ。

父が真っ先に気づいた。

「千吉、いま行くぞ」

ほどなく、わらわらと足音が響き、人影がいくつも現れた。

「大丈夫か、千吉」

半身だけ起こしているわが子を提灯で照らすと、時吉はあわてて駆け寄った。

火消し衆も続く。

「おとう、おじちゃんが……」

千吉はまだいくらか荒い息で告げた。

「千吉、けがは？」

おちよが問う。

「足が痛いけど、おじちゃんが大変」

千吉はわが身より客のほうを気遣った。

「お客さんはどうしたんだ」

時吉が問う。

「川へ、身投げするの」

千吉がそう答えると、火消し衆が色めき立った。

「そりゃ大変《てえへん》だ」

「大川端へ急げ」

「おまえさんも」

おちよが声をかけた。

「おう。千吉を頼む」

そう答えると、時吉は火消し衆とともに走りだした。

七

「南無阿弥陀仏《なむあみだぶつ》、南無阿弥陀仏……」

元松は両手を合わせた。

これがこの世の見納めだ……。

大川に身投げをしようとしている男は、向こう岸の蔵を見た。月あかりに照らされた蔵の壁がしみじみと光っている。

元松はいくたびも瞬きをした。
ぽん、と一つ帯をたたく。
ここが最後の大きな関所だ。首尾良く通り抜けることができれば、おさえに会える。
あの世でまた、親子水入らずの暮らしができる。
元松はうなずいた。
ようやく踏ん切りがついたのだ。
だが……。
そのとき、川の上手《かみて》のほうから、揺れながら近づいてくるものが見えた。
提灯だ。
一つではない。いくつも揺れている。
「栄屋さん！」
屋号で呼ぶ声が耳に届いた。
あれは……のどか屋のあるじの声だ。
元松は逡巡《しゅんじゅん》した。
見つかってしまった。
ここで思いとどまれば、この身は助かる。

しかし、それではおさえのもとへは行けない。そもそも、望みをなくしたから身投げをしようとしたのではなかったか。

迷っているうちに、提灯の灯りがさらに近づいてきた。

そのうちの一つが、だしぬけにかざされる。

「いたぞ」

「あそこだ」

声が響いた。

元松の身が硬くなった。

寄るな。

寄らないでくれ……。

大川端から身を投げようとしていた男は、思わず後ずさりをした。

その足が、ふっと宙に浮いた。

「うわっ！」

短い叫び声が発せられた。

元松は足を滑らせてしまったのだ。

その体は風にあおられ、冷たい夜の川へ仰向《あおむ》けになって落ちていった。

「落ちたぞ！」

「いけねえ」

火消し衆の声が重なって響いた。

時吉はすぐ飛び込もうとして思いとどまった。

ためらったのではない。

人を助けるためにはどうすればいいか、そのやり方を思い出したのだ。

時吉は大和梨川《やまとなしがわ》藩の武士だった。四方を山に囲まれた山間《やまあい》の藩で、むろん海はない。

だが、鍛錬の一環として川やため池で水練をやらされた。その若き日の習練が思わぬところで役に立った。

時吉は帯を解き、急いで着物を脱いだ。

川に入ると、着物は水を含んで重くなる。そうすれば、人を救うことはできない。下手《へた》をすると、ともに沈んでしまう。

「照らしてくれ」

火消し衆にひと声かけると、時吉は頭から大川に飛び込んだ。

「おれも」

纏持ちの梅次も続く。
ざぶっ、と大きな音が響いた。
大川の水は冷たかった。
冬だ。
身を切られるような冷たさだった。
一瞬、時吉の心《しん》の臓《ぞう》はきゅっと縮みあがった。
「どこだ」
水面に顔を出した時吉は、切迫した声をあげた。
「早く照らしてやれ」
かしらの竹一が大音声で叫ぶ。
「へいっ」
若い衆が提灯をかざした。
風がある。
提灯の灯りはなかなか定まろうとしなかった。
川波が立っていた。
流れもある。

時吉はすねに力を入れ、両手と足首を回しながら立ち泳ぎをした。

若い頃には、平たい石を胸に抱いて立ち泳ぎの稽古をした。そのとき身につけた要領は、いまだに体が覚えていた。

目を凝らす。

束の間、川波の間《あわい》に手がのぞいた。

「あそこだ」

そう叫ぶなり、時吉は抜き手を切って泳ぎだした。

魚の尾びれのように、両足をそろえてぴしっと水を打つ。

ひざをいくらか曲げ、竹がしなるように足首へ力を伝えると、時吉の体は滑るように動いた。

ほどなく、手ごたえがあった。

いまにも溺《おぼ》れかけるところだった元松の体を、時吉は間一髪《かんいっぱつ》で救い上げた。

「のどか屋さん」

梅次も近づく。

「しっかりしろ」

二人がかりで、川に落ちた男の身を支える。

「じたばたするな！」

時吉は一喝《いっかつ》した。

無駄に動けば、身は沈む。

水も呑む。

そうさせないように気の入った声を発すると、元松の体から力が抜けた。

「縄を」

かしらの竹一が命じた。

誤って川に落ちた者を救うために、大川端の要所に縄が結わえつけられていた。それが役に立った。

まさに、救いの縄だった。

時吉と梅次の二人がかりとはいえ、ぐったりしている男を抱えて立ち泳ぎをするのはつらい。

しかも、波のせいで岸から離れつつあった。

このまま川の中ほどまで行ったら、流れが急に速くなる。そうなれば、もろともに溺れてしまう恐れが十分にあった。

「よし」

片手で縄をつかんだ時吉は、短く言った。

「引いてくれ」

梅次が精一杯の声で伝える。

「おう」

「みなで引け」

火消し衆は活気づいた。

「おとう！」

千吉の声も響いた。

もう走れなかったが、ここまで懸命に歩いてきた。

「危ない。下がってなさい」

おちよがあわててたしなめた。

「でも、おじちゃんが……」

千吉が川のほうを指さす。

「おとうに任せていなさい。大丈夫だから」

おちよの言葉に、最初に異変に気づいたわらべはうなずいた。

ややあって、川から次々に人が引き上げられた。

元松は無事だった。

だいぶ水を呑んだようで、ぶるぶると身をふるわせていたが、ちゃんと息をしていた。これなら大丈夫だ。

「一丁あがりだ」

続いて、威勢のいい纏持ちの梅次が軽々と縄を伝って岸に上がった。

最後に、大きなつとめを終えた時吉が戻ってきた。

「おとう！」

千吉が駆け寄る。

「えらかったぞ」

まだいくらか濡れた手で、時吉はわが子の頭に手をやった。

第五章　生あらばこそ

一

はあっ、と一つ、元松は何とも言えないため息をついた。

大川から助けあげた男を、皆で最寄りの自身番まで運んだ。

いま熱い番茶をいれ、呑ませたところだ。

のどか屋とはさほど離れていないから、おちよが火消しの若い衆とともに戻り、急いで三人分の着替えを取ってきた。

元松ばかりでなく、時吉と梅次も着替えを済ませた。

外の風はますます冷たい。自身番の提灯が吹き飛ばされそうな勢いだ。

千吉は倒れた拍子にひざをすりむいていた。その手当ても済ませた。

「先に帰ろう、千吉」

おちよが声をかけた。

わらべは首を横に振った。

「ううん、おじちゃんといっしょに帰る」

千吉は心配そうに元松を見た。

その声は、身投げをしようとした男の耳にも届いた。

「……すまねえ」

かすれた声で言うと、元松はまたぶるっと身をふるわせた。

「で、どうして身投げなんかしようとしたんだい」

かしらの竹一が笑みを浮かべてたずねた。

「もう、八方がふさがっちまって……死んだ娘のとこへ行こうと思って」

元松は残りの茶を呑み干した。

湯呑みを持つ手は、まだ小刻みにふるえている。

「お代わりを」

時吉が手を伸ばした。

元松はすまなそうに小さくうなずいた。

ここに至るまでのいきさつを、二杯目の番茶をすすりながら、元松はかいつまんで話した。

娘のおさえを病で死なせてしまったこと、親から継いだ栄屋をつぶしてしまったこと、夫婦別れをしたこと、お上から素人落語を禁じられて何もかも望みをなくしてしまったこと……。

いくたびもつかえ、涙をぬぐいながら、元松は話した。

「……てわけで、あの世からも追い返されちまいました」

そこだけは素人落語家らしく、元松はさげのようなものをつけた。

「生きていりゃこそ、だぜ」

纏持ちの梅次が言った。

「そのとおりだ。あの世の娘さんも、喜んで迎えちゃくれないよ」

かしらの竹一も和す。

「先生が言ったよ」

千吉がだしぬけに口を開いた。

先生、とは手習いの師匠の春田東明のことだ。

「明けない夜はない、って。つらいことには終わりがある、って」

元松に向かって、わらべはまじめな顔で言った。

「いい教えだ」

時吉がうなずいた。

「坂には必ず終わりがあります。難儀な坂を上りつめれば、また新たな景色も見えましょう」

その言葉に、元松もうんうんと小さく首を縦に振った。

「ま、うっかり足を滑らせちまったってことで」

梅次が両手を打ち合わせた。

「そうだな。運がまだ残ってら」

かしらが笑みを浮かべる。

「宿代の心配はいりませんから、のどか屋へ戻ったら、ゆっくりお休みください」

おちよが言った。

「こんな役立たずに、何から何まで……」

元松は着物の袖を目に当てた。

「大川の水だと溺れちまうが、情の水ならいくら流されたっていいぞ」

さすがは年の功で、かしらの竹一がうまいことを言った。

「しばらくは情の水に浮かんで、体を休めてくださいましな」

おちよも笑みを浮かべた。

「ありがてえ……」

やっとふるえが止まった両手を、元松はゆっくりと合わせた。

二

「おじちゃん、まだ起きてこない？」

千吉が案じ顔でおちよに問うた。

朝膳が済み、ほかの泊まり客は続けて出立したが、元松はまだ姿を現さない。

「きっと疲れてるのよ。そのうち下りてくるから」

「うん」

そううなずいた千吉も、だいぶ眠そうな顔をしていた。

昼膳とのあいだの短い中休みに入ったとき、旅籠に通じるほうののれんが開き、元松が姿を現した。

「おはようございます」

おちよが声をかけた。

「豆腐飯、まだ余ってますので」

おけいも明るく言った。

「なら、いただきます」

そう答えた元松の声は、ずいぶんとかれていた。

「具合はどうです？」

時吉が問う。

「ときどき、ぶるぶるっと来るんですが」

元松は首をすくめた。

「まあとにかく、胃の腑にあったかいものを入れてくださいましな」

おちよがそう言って、一枚板の席を手で示した。

「どうぞ」

ちょこんと座っていた千吉がぴょんと下りた。

それにつられて、ゆきとしょうの親子もひょいと下りる。細身の子猫だったゆきはのどか屋の魚を食べてぶくぶくと太り、ずいぶんと身が重くなった。

「すまねえな」

だいぶ大儀そうに、ゆうべ身投げをした男は一枚板の席に腰を下ろした。

豆腐飯が来た。

「始めはお豆腐だけ匙ですくって召し上がってください。それから、好みで薬味をかけて、わっとまぜて召し上がれば、味が変わって二度楽しめますから」

おちよが食べ方を伝えた。

「いただきまさ」

元松は匙を取った。

「これは昼膳の顔ですが、一緒に召し上がってください」

時吉が揚げたての天麩羅を出した。

大ぶりの江戸前の海老だ。

これにひじきの煮付けと浅蜊《あさり》の味噌汁がつく。天麩羅なしでも泊まり客には好評だった膳だ。

皆が見守るなか、素人落語家だった男はゆっくりと味わいながら匙と箸を動かしていった。

「うめえ……」

元松は喉の奥から絞り出すように言った。

そのひと言に尽きた。

助かったからこそ、この豆腐飯のうまさが分かる。

どれも素朴だが、さまざまな味が響き合っている一杯の豆腐飯……。

それはまるで江戸の町のようだった。

汁を呑む。

そのあたたかさが、五臓六腑《ごぞうろっぷ》にしみわたるかのようだった。

旅籠の掃除を終えたおそめと、今日はのどか屋番のおこうが戻ってきた。

「まかないにする?」

おちよが問う。

「はい」

「いただきます」

二人は打てば響くように答えた。

まかない飯は、もちろん豆腐飯だ。昼に所望する客もいるから、いつも多めにつくってある。

はあっ、と一つ、元松は何とも言えないため息をもらした。

浅蜊《あさり》の殻を、椀の蓋に入れる。三つほどたまったところで、元松はそのさまをしみじみと見た。

「こいつらにも、命はあったんだな」

元松はぽつりと言った。

「生《しょう》のものをちゃんと成仏《じょうぶつ》させてやるのが、料理の要諦《ようたい》ですから」

時吉が穏やかな顔つきで言う。

それを聞いて、千吉も一つうなずいた。

「ありがてえ……」

元松は感慨深げな面持ちになった。

「いつもどおり、おいしい」

「でも、ちょっとずつ違うね」

「お豆腐の出来は毎日違うから」

女たちがそんな会話をしながら、まかないの豆腐飯を食す。

「おじちゃん、てんぷらたべないの？」

千吉が無邪気にたずねた。

「これ、千吉」

おちよがたしなめる。

「いや、いいんです。ぞくぞくするもんで、あんまり食い気が……」

元松はそう言って、着物の襟を合わせた。

「お顔が赤いですね。熱がありそうです」

おちよが眉をひそめた。

「なら、召し上がれる分だけ召し上がって、部屋で休んでください」

時吉が言った。

「そうさせてもらいまさ。……千坊、これは食っておくれ」

大ぶりの海老天の皿を回す。

「わあい」

千吉は素直に受け取った。

「一階のお部屋のほうがいいですよね、おかみさん」

おけいが機転を利かせた。

「ああ、そうね。階段の上り下りが大儀だから」

おちよがうなずく。

「何から何まで、すまねえこって……」

そう言うと、元松は少し咳《せ》きこんだ。

大川の冷たい水に入ったせいで、すっかり風邪を引いてしまったらしい。

「なら、支度をしてきましょう」

おけいがいち早くまかない飯を食べ終えた。

おそめとおこうも続く。

「栄屋さんは急がなくていいですから」

おちよが言った。

「へい……屋号はちょいと。もうつぶしちまったもんで、噺家か名の元松で」

やんわりと言うと、元松は残りの豆腐飯を口に運んだ。

そして、またほっと息をつき、つぶやくように発句《ほっく》を口にした。

一膳の　飯のうまさよ　生きて食ふ

「俳諧をおやりになるんですか、栄……じゃなくて、元松さん」

おちよがやや驚いたように問うた。

「下手《へた》ですが、芸の足しになるかと思って、ちょいとかじりました」

素人落語家は答えた。

「ご隠居がいたら、『なら、おちよさん、付けておくれ』と言うところだな」

珍しく声色《こわいろ》を使って、時吉が言った。

「えっ、いきなり？」

と、おちよ。

「おかあ、きばって」

もぐもぐと海老天を食べ終えた千吉が風を送った。

「うーん、じゃあ……」

おちよはこめかみに指を当ててから、付け句を口にした。

生あらばこそ　あたたかき汁

それを聞いて、元松は感慨深げにうなずいた。

「浅蜊汁のお代わりはいかがです？　風邪にはいちばんですよ」

時吉がすすめる。

「……なら、もう一杯」

元松は椀を差し出した。

その顔には、わずかに笑みが戻っていた。

三

「そうかい。そりゃあ働きだったね、時さん」

隠居が一枚板の席で言った。

「人助けじゃないか」

隣で旅籠の元締めの信兵衛も和す。

「千吉が勘を働かせて、お客さんの後を追ったんですよ」

おちよがそう言って、ゆうべの子細を語った。

「なら、千坊が命の恩人だ」

隠居がそう言って、芝海老《しばえび》の昆布締めを口に運んだ。

皮をむいて立塩《たてじお》をした芝海老を昆布で締め、風味豊かな土佐醤油と山葵《わさび》ですすめる。

海老の味が引き立てられる小粋な肴だ。

「寺子屋で自慢するって、胸を張って出ていきましたよ」

おちよが笑顔で伝えた。

「はは、そりゃいいね」

「で、噺家さんの具合はどうなんだい？」

元締めが問う。

「だいぶ熱があるんです。額に濡らした手拭を当ててるんですけど」

と、おちよ。

「すぐ乾いちゃうくらいだから、熱が高いようです」

おけいの顔に憂色が浮かんだ。

「往診を頼んだほうがいいかな」

時吉がおちよに言った。

「そうねえ。だったら、旅籠のほうがひと息ついたら」

おちよはそう答えたが、医者のもとへ往診を頼みに行くことはなかった。

その必要がなくなったからだ。

ややあって、一人の客がのれんをくぐってきた。

「おや、これは……」

隠居が驚いたように客を見た。

「ちょうどいいところにお越しくださいました」

時吉が笑みを浮かべた。

のどか屋に姿を現したのは、青葉清斎《あおばせいさい》だった。

皆川町《みながわちょう》に診療所を構える本道（内科）の医者だ。

のどか屋が三河町《みかわちょう》にあったころは、妻の産科医の羽津《はつ》ともども懇意にしていた。

おちよが急に産気づいたとき、千吉を無事取り上げてくれたのも羽津だ。

その後も、たまには顔を出してくれるのだが、腕の立つ医者だから患者が遠くからも詰めかけてくる。なかなか横山町ののどか屋までは足を延ばせないようだった。

「と言いますと、千吉ちゃんの具合でもお悪いんでしょうか」

相変わらずつややかな総髪の医者がたずねた。

「いえ、お客さんなんですよ」

おちよが答えた。

「ゆうべ、大川端を歩いているときに……その、うっかり足を滑らせて落ちてしまいましてね」

時吉は話をうまく取り繕《つくろ》った。

「そうですか。それは危なかったですね」

清斎は眉をひそめた。

「幸い、火消しの皆さんが夜廻りに来て、助けてくださったんです」

時吉はおのれの手柄は伏せておいた。

「そのお客さんはどちらに？」

医者は問うた。

「並びのお部屋で休まれてます」

おちよが手で示した。

「では、さっそく診ましょう。今日は新たな薬の仕入れでこちらのほうに来たので、風邪ならちょうどいい按配の薬がありますので」

総髪の医者は重そうな薬箱をかざしてみせた。

四

「これでようございましょう」

青葉清斎は笑みを浮かべた。

「相済みません……」

あお向けになったまま、元松が言った。

「煎じ薬をきちんとのんでいれば、だんだんに熱は下がるでしょう。あとは、なるたけあたたかいものを胃の腑に入れるようにしてください」

「そのあたりは料理屋ですので、おかゆでもおじやでもおつくりできますから」

おちよが言った。

「では、おいしいものをいただいてから帰りましょう」

医者は客の顔に戻って言った。

清斎にまず出したのは、寒鰈《かんびらめ》のそぎ切りだった。

皮を引いて上身にした鰈を、食べごたえのある厚めのそぎ切りにする。

これを土佐醬油と山葵ですすめる。味醂と醬油に鰹節を入れて煮立て、冷ましてこした風味豊かな土佐醬油は旬の魚にぴったりだ。

「こういう活きのいい魚を食べていたら、医者いらずですね」

ほかならぬ医者が言ったから、のどか屋に和気が漂った。

「ありがたく存じます。寒鰈は焼きものにもいたしますので」

時吉が気の入った声で言った。

その後は、診療所に近い町の様子や人の消息などを清斎から聞いた。

竜閑町《りゅうかんちょう》の醬油酢問屋の安房屋《あわや》は、先代の辰蔵《たつぞう》から受け継いだ新蔵《しんぞう》が相変わらずの精励ぶりで、見世の前を通るだけで気が伝わってくるほどらしい。のどか屋と縁があった豆腐屋の相模屋《さがみや》も、いい品をつくりつづけているようだ。

いささか驚いたのは、鎌倉町《かまくらちょう》の半兵衛《はんべえ》親分がずいぶんと遅く身を固め、子までできたという話だった。容子《ようす》のいい親分だから、べつに驚くことはないのだが、ずっと独り身で通すのではないかというのがもっぱらのうわさだった。

「お相手はどういう方なんです？」

おちよが興味津々《しんしん》でたずねた。

「常磐津《ときわず》のお師匠さんで、親分さんと並ぶと人形のような美男美女だという評判ですよ」

清斎は笑顔で答えた。

「まあ、それはそれは」

「残りものに福があったんだね」

隠居も笑みを浮かべた。

それやこれやで、なつかしい町の人々の話をしているうち、次の肴ができた。

寒鰆の二色焼きだ。

食べよい大きさに切りそろえた身に金串を打ち、薄く塩を振る。こんがりと裏表を焼き上げたら、まず片方に卵黄を塗り、あぶりながら黄金色に仕上げる。もう片方には卵白を塗り、青海苔をまぶす。これできれいな二色焼きの出来上がりだ。

「見てよし、食べてよし、だね。……まま、一杯」

隠居が医者に酒を注いだ。

「ありがたく存じます。まさに待春《たいしゅん》にふさわしい料理ですね」

清斎が目を細くしたとき、表で足音が聞こえた。

千吉が手習いから帰ってきたのだ。

五

「大きくなったねえ、千吉ちゃん」

清斎が立ち上がり、わらべの頭に手をやった。

「うん。千ちゃん、走れるようになったんだよ」

千吉は胸を張った。

「千住の名倉の若先生のおかげで、足がだいぶまっすぐになってきまして」

「こうやって、左足に添え木をつけてから、どんどん良くなってきたんですよ」

のどか屋の二人が言った。

「そうかい。それは良かったね」

心底うれしそうに、青葉清斎は言った。

赤子のころから千吉を診ている。案じていたのは医者も同じだった。

「じゃあ、先生に走れるところを見せてあげて」

おちよが水を向けると、わらべは、

「うんっ」

と、元気よく答えた。

千吉が外へ出たとき、呼び込みからおけいとおこうが帰ってきた。

江戸見物の家族のようで、千吉と同じ年恰好のわらべもいた。

「かけっこ?」

千吉の走る構えを見て、客のわらべが問うた。

「うん、でも、まだ遅いから」

千吉が答える。

「遅くてもいいわよ。かけっこしてごらん?」

母にうながされ、千吉はうなずいた。

「なら、行くよ」

清斎が右手を挙げた。

「一《ひ》の二《ふ》の、三《み》っ！」

二人のわらべは、合図に従って並んで駆けだした。

奥の干物の棚へ向かって走る。

のんびりと寝そべっていた猫たちがあわてて逃げた。

客のわらべはすばしっこくて、さすがにかなわなかったが、千吉は最後まで走った。

「走ったね、千吉ちゃん」

総髪の医者が笑みを浮かべた。

「走るよ、これからも」

千吉はそう答えて、ふっと息を一つついた。

その様子を、おちよは感慨深げに見ていた。

けさ詠んだ付け句がよみがえってくる。

生あらばこそ　あたたかき汁

まさに、そのとおりだ。

生あらばこそだ。

急に産気づいたとき、清斎の妻の羽津に救ってもらった。

そのおかげで、いまこうして千吉が走るさまを目《ま》の当たりにできる。

ありがたい……。

おちよは、心の底からそう思った。

第六章　鮟鱇《あんこう》づくし

一

元松は夢を見ていた。

早く娘に会わないと、門が閉まってしまう。

ただし、おさえが住んでいる屋敷の門は大川の水の中にあった。そこまで泳いでいかなければならない。

元松はもがきながら泳いだ。

冬の水は冷たいはずなのに、なぜか寒くはなかった。逆に、ずいぶんと暑かった。

額から脂汗《あぶらあせ》を流しながら、元松は懸命に腕を動かした。

ややあって、ようやく門が見えてきた。

人影も見える。

その顔が、おぼろげに見えた。

「おさえ……」

元松はうめくように言った。

「おとっつぁんが会いに来たぞ。開けてくれ」

元松は必死にそう告げた。

だが……。

おさえの影は寂しそうに首を横に振った。

見ると、門にはお経が書かれていた。

手が届きそうなのに、触れることができない。

「おさえ……」

父はなおも呼びかけた。

娘がまた首を振る。

来ないで、と伝える。

「この門を開けてくれ。おとっつぁんはな、おまえと一緒に暮らすことだけが望みなんだ。ほかにはもう、何も望みがねえんだ」

元松は夢の中でかきくどいた。

ややあって、細い声が聞こえてきた。

風かと思われるような声だった。


あたしが、いく……。


おさえはそう言った。

「おまえがか？」

元松は問うた。

影は一度だけ、ゆっくりとうなずいた。

「いまは駄目かい。おとっつぁんはここまで、こうやって……」

元松はさらに腕を動かした。

娘の影が薄れる。

おさえの影は最後にもう一度念を押すように、「来ないで」というしぐさをした。

「おさえ……」

元松の腕が重くなった。

水がまるで粘りつくかのようで、これ以上動かすことができない。

そして、急に夢の潮が引いていった。

二

「元松さん、元松さん……」

その声で目が覚めた。

ここは、のどか屋だ。

「ずいぶんうなされてましたけど、大丈夫ですか？」

おちよがたずねた。

「あ、ああ……のどか屋のおかみさん」

元松はしゃがれた声で言った。

「手拭を替えますね」

おちよはそう言って、冷たい井戸水を汲んできた盥《たらい》にすっかり乾いてしまった手拭を浸けた。

「相済みません」

元松はわびた。

「何か胃の腑に入れてから煎じ薬を、と清斎先生から言われてるんです。梅粥《うめがゆ》があるんですが、召し上がれますか？」

おちよが問うた。

「それくらいなら」

元松がうなずく。

「じゃあ、いま支度してきますから」

「すまねえこって」

元松はゆっくりと身を起こし、額に手をやった。

まだ熱っぽいが、いくらかはましになったようだ。

ややあって、梅粥を運んできたのはおちよではなかった。手伝いのおそめだった。

「匙はわたしが動かしますので、お口だけ」

おそめは笑顔で言った。

「悪いね」

元松はそう答えて口を開けた。

「熱かったら言ってくださいね」

おそめはそう言って、匙を客の口に入れた。

梅の味が、少し遅れて伝わってきた。

これもまた、生きていればこその味だ。

「うめえ……」

元松は喉の奥から絞り出すように言った。

「おいしいですか？」

おそめが問う。

元松は黙ってうなずいた。

おさえが生きていれば、ちょうど同じくらいの年恰好かもしれない。好きな人に添って、子ができていたかもしれない。

そう思うと、またにわかに胸が詰まった。おさえがここにいないことがたまらなくなった。

「もう、食えねえや」

元松は右手を少し上げた。

「そうですか……じゃあ、お薬を」

おそめは笑みを浮かべた。

「すまねえな。まるで……」

素人落語家は言いよどんだ。

「まるで?」

おそめが先をうながす。

「娘が大きくなって、世話を焼いてくれてるみてえだ。まだ十になったばかりで死なせちまったんだけどな」

「十で……」

「ああ。あいつに会いたくて大川に飛び込もうとしたんだが、まだ来るなって言われたみてえだ」

元松はそう言って、弱々しい笑みを浮かべた。

「やることをやってから、と娘さんも向こうで思ってますよ」

と、おそめ。

「やることか……親から受け継いだ乾物屋はつぶしちまったし、気を入れてやってた素人落語はお上に禁じられちまったし」

元松は顔をしかめた。

「まずは、お薬をのんで、風邪を治すことですよ」

おそめはまた笑みを浮かべて言った。

三

のどか屋の二幕目が進んでいた。

今日は長吉がふらりとやってきた。

おちよの父で時吉の師匠でもある古参の料理人は、折にふれて見世を信に足る弟子に任せ、のどか屋ののれんをくぐってくる。

この界隈にのれんを出しているほかの弟子の見世や仕入れ先も回らなければならないとは言っているが、なに、孫の千吉の顔を見たいだけだろうと、おちよと時吉は話をしていた。

「そうかい。人助けをしたのかい、千吉」

おちよから話を聞いて、長吉の目じりにいくつもしわが浮かんだ。

「うん。大川端まで走ったの、じいじ」

千吉はいくらか下駄《げた》を履かせて、得意げに言った。

「そりゃあ、でかした。人助けをしたら、わが身にも返ってくるからな。巡り巡って、だれかがおめえを助けてくれるぞ」

「うん。先生もそう言ってた」

わらべの瞳が輝いた。

そこへ、風呂敷包みの箱を背負った男がやってきた。

美濃屋の手代の多助だ。

「おう、いい顔をしてるな」

長吉が右手を挙げた。

「おかげさまで」

「今日は何だい」

「紅葉袋をお届けにあがりました」

多助は笑顔で答えた。

湯屋で使うぬか袋を、上品に紅葉袋と称する。「の」と縫い取りの入った美濃屋の紅葉袋は、質がいいことで評判だった。

「おそめちゃん、いるよ」

千吉が大人びた口調で告げたから、場に和気が満ちた。

「そうかい、ありがとうね」

多助は千吉のかむろ頭に手をやった。

長吉が一枚板の席に座り、千吉が厨で始めた包丁の稽古を見はじめてまもなく、元松が姿を現した。

そのあいだ、多助とおそめはのどか屋の猫たちに猫じゃらしを振ってやりながら、よもやま話をしていた。恋仲のときならともかく、もう所帯を持っているのに相変わらず仲むつまじい。

「具合はいかがですか、元松さん」

おちよが声をかける。

「ええ。だいぶ良くなりました。ちょいと喉が渇いたんで」

「蟹汁ができていますが、いかがでしょう」

時吉がすすめた。

「さようですか……なら、いただきます」

まだしゃがれた声で言うと、元松は長吉に軽く頭を下げてから一枚板の席に腰を下ろした。

そこで、多助とおそめが戻ってきた。

「多助さんとも相談したんですけど、元松さん」

いくらか硬い顔で、おそめは元松に言った。

「小間物問屋の美濃屋の手代で、多助と申します。どうぞよしなに」

あきんどの顔で、多助は頭を下げた。

「浅草亭夢松こと、もと栄屋の元松で」

「で、その栄屋さんで培《つちか》ったものがおありなんですから、わたしの伯母がやっている乾物屋で働いてみてはどうかと、多助さんとさっき相談してたんです」

おそめは多助のほうを見た。

「そりゃあ、ありがてえ話だけれど……」

元松はややあいまいな顔つきで答えた。

「まずはこれを召し上がって、風邪を治してくださいまし」

時吉がそう言って、蟹汁を渡した。

「師匠にも」

「おう。いい香りがしてるじゃねえか」

長吉も椀を受け取った。

「多助さんもそちらで」

おちよが座敷を指さした。

「では、上がらずに腰かけていただきます」

多助は律儀《りちぎ》に答えた。

「……うめえ」

蟹汁を啜るなり、元松は感に堪えたように言った。

「うまく成仏させてるな」

長吉も笑みを浮かべる。

「ありがたく存じます」

「……おいしい」

千吉は蟹の身をしゃぶり、花のように笑った。

四

煎じ薬がよく効いて、元松の熱は翌朝には下がった。

朝は豆腐飯、昼は胡椒飯《こしょうめし》に朝獲れの魚の刺身と根菜の煮物。どちらもよくかんで味わいながら食した。

「何もしねえのは申し訳ないんで、洗い物を手伝いましょう」

元松はそう言って、少しでも手を動かそうとした。

そのうち、手習いから千吉が帰ってきた。

「おじちゃん、熱さがった？」

千吉が訊く。

「ああ、だいぶ良くなった。声はしゃがれてるがな」

元松が答える。

「なら、呼び込み、行こう」

わらべが袖を引いた。

「代わりに、声を出してくれるかい？」

「うん」

千吉は元気よく答えた。

「なら、行っといで」

おちよが身ぶりをまじえた。

「今日は常陸《ひたち》から氷詰めの鮟鱇《あんこう》が入ったので、これからつるし切りにします。今夜は刺身と鍋、明日までいろいろと鮟鱇づくしにできますので」

時吉が厨から言った。

「承知しました。それで釣ってきまさ」

素人落語家らしく、元松は派手な身ぶりをまじえた。


元松と千吉、それに、おけいとおこうが呼び込みに向かった。

場所はいつもの両国橋の西詰だ。

のどか屋の支度はおちよとおそめがやっている。泊まり客が見つかれば、だれかが案内するという段取りだった。

「おとまりは、のどか屋へ」

前のが古くなったので、新たに仕立てたばかりのかわいい半裃《はんがみしも》をまとった千吉が声をかける。

横山町　のどか屋
お料理　はたご

鮮やかな紅色の半裃にそう染め抜かれているから、いやでも目立つ。

「料理がつくのかい？」

「旅籠を探してるんだが」

橋を渡ってきた二人連れがたずねた。

「はい。料理付きの旅籠でございます」

「朝の膳は名物の豆腐飯で」

おけいとおこうが、ここぞとばかりに言った。

「あんこうがあるよ」

千吉が無邪気に言う。

「そうかい」

「ちっちゃい番頭さんだな」

旅装の男たちが笑みを浮かべた。

「常陸から、氷詰めで届いた鮟鱇ですので」

声はしゃがれているが、素人落語家らしい口ぶりで元松が言った。

「あんきもはあるのかい」

「そりゃ、肝のねえ鮟鱇はいねえだろうよ」

「もちろんでございます」

元松はしたたるような笑みを浮かべた。

「おいしいよ」

千吉も横合いから言う。

「そうかい。なら、あんきもつきの旅籠で」

「世話になるよ、番頭さん」

客は元松に声をかけた。

「ありがたく存じます」

すっかり番頭の顔で、元松は腰を低くして頭を下げた。

「では、ご案内いたします」

おこうが身ぶりで示した。

それと入れ替わるように、おそめがやや急ぎ足でやってきた。

一人ではなかった。

伯母の乾物屋のおきんも伴っていた。

「雨露さえしのげるんでしたら、小屋でもどこでもかまいませんので」

元松は言った。

「うちも新たに人を雇うようなあきないぶりでもないもんで、あんまり良くすることはできないんですけど」

おきんが申し訳なさそうに言った。

「一度、大川へ捨てた命ですから、生まれ変わったつもりでやらせてもらいます」

感慨深げな面持ちで、元松は言った。

五

泊まり客も次々に見つかったから、一同はのどか屋へ引き返していった。

道々、さらに段取りが進んだ。

元松は明日からおきんの乾物屋に住み込み、小屋に仮住まいをして働く。乾物の見世売りや届け、それに小屋の整理などはあるじとおかみ、それに見習いの丁稚で人手が足りているから、元松のつとめは乾物を手に新たなあきない先を切り開くことに決まった。

「栄屋のときは身が入りませんでしたが、やり方は分かってるんで、粘り強くやらせてもらいます」

元松は引き締まった表情で言った。

「どうかよしなに」

それで話がまとまった。


のどか屋の一枚板の席には、隠居と元締めがいた。

座敷に陣取っているのは、呼び込みの鮟鱇に釣られた二人連れだ。佐原《さわら》から江戸見物に来た客で、身内の平癒祈願も兼ねているらしい。

「いいものを見させてもらったよ」

隠居が厨を指さした。

「おっ、鮟鱇のつるし切りですね」

元松が言った。

厨にはまだ釣り鉤《かぎ》が掛かっていた。

鮟鱇には捨てるところがないと言われる。その七つ道具を取り出し、これからいよいよ料理にかかるところだ。

「待ち遠しいね」

「肝は湯に通さねえと食えねえからな」

お通しの根菜の煮付けを肴に早くも呑みながら、佐原の二人連れが言った。

元松は一枚板の席に座り、隠居と元締めに首尾《しゅび》を告げた。

「そうかい。明日からはまた乾物屋だね」

と、隠居。

「いままで培《つちか》ってきたものが役に立つよ」

元締めが和した。

「よかったね、おじちゃん」

例によって厨で「とんとん」の稽古をしながら千吉が言ったから、のどか屋に和気が満ちた。

「ああ、千坊が大川端へ走ってくれたおかげだよ。ありがとな」

元松は礼を言った。

「なんべんでも走るよ、千ちゃん」

千吉が腕を振るしぐさをする。

「なんべんもあったりしたら困るよ、千吉」

おちよが笑みを浮かべた。

そうこうしているうちに、鮟鱇づくしの料理が出はじめた。

「まずは、お刺身でございます」

おけいが座敷に運んでいった。

「おお、来た来た」

「身と皮と、これは……」

客がのぞきこむ。

「もう一つは何でしょう、旦那さま」

おけいが振り向いて厨を見る。

「頬肉でございます。だし醬油を控えめにつけてお召し上がりください」

時吉が笑顔で答えた。

「なら、さっそく」

「いい日に来たな」

佐原の客たちは箸を執った。

鮟鱇の刺身は一枚板の席にも出た。

「今日は前祝いだから、わたしのおごりで」

隠居が元松にすすめた。

「ありがたく存じます。なら、遠慮なく」

素人落語家は手刀を切ってから箸を動かしだした。

さっぱりした鮟鱇の身と、かみ味の違う皮、それに、こりっとした頰肉。三つの味がそれぞれに楽しめる刺身を客が味わっているあいだに、湯通しを終えたあんきもが頃合いになった。

「葱はちゃんと切れたか？」

時吉が跡取り息子に問う。

「うん、おとう」

千吉は胸を張った。

食べよい大きさに切りそろえたあんきもは、いまや遅しと待ち受けている座敷の客のもとへ運ばれた。

「おまちどおさまでございます」

「お醬油に紅葉おろしと葱の薬味で召し上がってくださいまし」

二人の女が運んでいった。

「来たな、あんきも」

「江戸で食えるとは思わなかったぜ」

佐原の客は相好《そうごう》を崩《くず》した。

一枚板の席では、隠居と素人落語家が話しこんでいた。

季川の古くからの俳諧の友に、安永永泉《やすながえいせん》という男がいる。

にぎやかなことが好きで、蕎麦と落語に目がない好漢だから、永泉が出る句会にはおのずと華やぎが生まれた。

俳諧師として諸国を廻り、足が弱ってからは根岸《ねぎし》に隠居して、たまに上野山下《うえのやました》に出て、蕎麦をたぐったり落語を聴いたりするのを楽しみにしていた。家族運には恵まれなかったが、身の回りの世話をする女もいて、まずは楽隠居の暮らしぶりだった。

しかし……。

去年あたりからだいぶ弱ってきて、寝込むことも多くなってきた。どうやら、そろそろ寿命らしい。

「このあいだ訪ねたら、珍しく気の弱いことを言っていた。今年の桜が見納めになるだろうから、せめて春まではこの世にいたいものだ、と」

隠居はしみじみと言った。

「で、相談なんだが……」

季川は座り直して続けた。

「わが友は落語と蕎麦に目がない男でね。いよいよいけないとなったら、根岸まで出《で》張《ば》っていって、あの男が好きな『時そば』でも聴かせてやっておくれでないかと、ふと思いついたんだ」

「承知しました」

素人落語家は二つ返事で答えた。

「すぐには参れませんが、必ず出張落語をお届けしますよ」

元松は気の入った顔つきになっていた。

「それでしたら、ご隠居」

鮟鱇鍋の支度をしながら、時吉が言った。

「何だい、時さん」

「蕎麦でしたら、わたしもそれなりには打てます。もう少し腕を磨いて、出張手打ち蕎麦を添えればいかがかと」

「そりゃありがたい。それこそ本当の『時そば』だね」

隠居は俳諧師らしくうまいことを言った。

「永泉さんも喜ぶよ。あれほど好きだった蕎麦と落語の両方を楽しめるのなら、願ったり叶ったりだ」

白い眉がやんわりと下がる。

「では、しばらくは乾物屋のほうに精を出さないといけませんので……」

と、元松。

「頃合いを見て、おそめちゃんにつなぎをしてもらいましょう。それまでは乾物屋のほうに気を入れてやってくださいよ」

元締めの信兵衛が言った。

こうして、段取りが決まった。

六

その後も鮟鱇づくしは続いた。

鮟鱇の身は淡泊だから、揚げ物にしてもうまい。ことに、唐揚げに塩を振って食すと酒がすすむ。

佐原の二人連ればかりでなく、湯屋に行っていた客も戻ってきた。行徳《ぎょうとく》から塩のあきないに来た主従だ。そのそれぞれに鮟鱇鍋を出すことになった。

「悪いが、今日はおけいさんが皆を連れて帰ってくれるかな？」

信兵衛がおけいに向かって言った。

「鮟鱇鍋を召し上がってからのお帰りですね？」

おけいが心得た顔になる。

「食べずに帰るのは忍びないからね」

「分かりました。あまり暗くならないうちに帰ります」

というわけで、手伝いの女たちはのどか屋から浅草の長屋へ帰っていった。

いよいよ、鍋の支度ができた。

鮟鱇の身と皮に、肝も少し入っている。ほかには、椎茸と青菜、それに銀杏《ぎんなん》としらたき。主役の鮟鱇を、脇役がうまく引き立てる鍋だ。

だしに甘めの醬油を入れ、江戸風の味つけにしてある。鍋が煮えるに従い、だんだんに身に味がしみわたっていく。

「精が出るね、千坊」

元松が声をかけた。

千吉は最前からずっと包丁を動かしていた。葱の小口切りだ。

「ちょっと、手がいたいよ」

わらべが手を止めた。

「なら、続きはおとうがやってやる」

時吉が言った。

「そろそろ寝といで」

鍋敷きを座敷に運んでから、おちよが言った。

「うん」

寺子屋に呼び込みに包丁の稽古。わらべなりに朝から働きづめだ。千吉はだいぶ眠そうな顔になっていた。

「千坊が下ごしらえをしてくれたものは、おいしくいただくからね」

隠居が笑みを浮かべた。

「なら、おやすみなさい」

わらべは厨を出て、ぺこりと頭を下げた。

「ああ、おやすみ」

「偉いね、小さい番頭さん」

客はこぞって笑顔になった。

その座敷に、湯気を立てている鮟鱇鍋が運ばれていった。

「おまちどおさまです。取り皿はただいまお持ちしますので」

おちよが鍋を置いた。

「こりゃ、匂いだけでたまらんね」

「箸が迷うよ」

佐原の二人連れが言う。

「おまえにも肝をやろう」

「ありがたく存じます、旦那さま」

行徳の主従も覗きこんだ。

一枚板にも鍋が来た。

「常陸から江戸まで冬の恵みかな、ってところだね」

季川がさっそく一句口ずさむ。

「……川から海へ水は流れる」

おちよが唄うようにすぐ付けた。

「なるほど、常陸から江戸まで水はつながっているわけだからね」

隠居がうなずいた。

座敷でひとしきり箸が進み、あっという間に鍋の残りが乏しくなった。

「いったんお下げして、おじやに仕立て直させていただきます」

おちよが言うと、座敷の客から歓声がわいた。

「これで終わりじゃないのかい」

「おじやまで食べられるとは」

「はい。お汁の最後のひとしずくまでおいしく味わっていただきますので」

おちよはにこやかに言って、鍋に手を伸ばした。

鮟鱇のさまざまな味が出た汁に飯と溶き玉子を入れ、千吉が刻んだ葱を惜しまず入れる。こうして煮直すと、絶品のおじやになる。かきまぜると粘り気が出てしまうから、じっと待つのが骨法《こつぽう》だ。

ほどなく、極上のおじやができた。

「あんまりうますぎると、発句も出ないね」

隠居がそう言ったから、時吉とおちよも笑った。

「みゃあ」

物欲しげに、食い意地の張っているゆきがないた。

「鮟鱇はあげるところがないの。ごめんね、ゆきちゃん」

おちよが言うと、縞のある白猫は「しょうがないにゃ」とばかりに前足であごのあたりをかきだした。

第七章　浅草揚げ

一

梅の香りが漂う時分になった。

銀座に近い松島町《まつしまちょう》の乾物屋、松前屋《まつまえや》の裏手の小屋に月あかりが差している。

一日のつとめを終えた元松は小屋に蓙《ござ》を敷き、筵《むしろ》をかぶって眠ろうとした。

冬の寒風は容赦なく吹きこんでくる。あたたかいものを胃の腑に入れたくても、小屋住みの身にはままならない。

のどか屋の豆腐飯や汁を思い出し、食べたつもりになって、元松は身を丸くして眠ろうとした。

そのとき、外から声がかかった。

「もし、元松さん」

その声を聞いて、元松はあわてて飛び起きた。

おかみのおきんではない。あるじの善助《ぜんすけ》だった。

「はい、ただいま」

「すまないね。寝ていたのかい」

「いえ……寝ようとしたところで」

元松はそう言って小屋から出た。

「いま乾物屋の講《こう》から駕籠で帰ってきたところでね」

あるじの善助は、左手に提灯、右手に杖を握っていた。

小さい頃に病にかかったせいで、右足が不自由だ。いつも杖を手放せないから、外廻りのつとめには向かない。おかみのおきんが代わりをつとめていたが、あきないを広げるまでには至っていなかった。

「さようですか。わたしもむかしは講に出てました」

元松はやや寂しげに答えた。

「栄屋さんに外回りをやってもらってると言ったら、いくたりもなつかしそうにしてたよ」

だいぶ赤くなった顔で、善助は告げた。

「はあ、そうですか」

元松はあいまいな顔つきになった。

もうその場には戻れない。もっと身を入れて家業に励んでいれば、こんなことにはならなかったのだが、悔いても後の祭りだ。

「で、その講で話が出たんだが……」

一つ咳払いをしてから、松前屋のあるじは続けた。

「元松さんは噺家だ。次の講で、一席演じてもらえればありがたい、っていう皆の望みなんだがね」

「はあ、それはありがたいことですが……なにぶん素人寄席はお上に禁じられてしまったもので」

「そりゃ、物は考えようだよ。寄席ってのは、噺家がいくたりも出て落語を披露するものだ。そういった場をつくるのがご法度になっただけで、噺家が一人で落語を演じる分にはおとがめはないはずだ」

「ああ、なるほど」

元松は得心のいった顔つきになった。

「それから、もう一つ話に出たんだが、元松さんが世話になったのどか屋ってのは料理がおいしいそうだね。ほかにも評判を聞いていた人がいたんだ」

善助は笑みを浮かべた。

「それはもう。出るものはどれもうまいですよ。それで旅籠も付いてるんだから、言うことなしで」

元松は太鼓判を捺《お》した。

「だったら、今度つれていっておくれでないか。わたしはこの足だから、駕籠を呼ばなきゃいけないけどね。それくらいの贅沢は、あいつも文句は言わないだろう」

あるじとはいえ、女房のおきんには頭が上がらないほうだ。善助はいくぶん声をひそめて言った。

「そりゃ喜んで。わたしは駕籠について走りますから」

元松は腕を振るしぐさをした。

「はは、すまないね。あまり贅沢をすると、角《つの》を出されてしまうから」

「なんの」

善助は身ぶりをまじえて言った。

「すまないと言えば、こんな狭苦しい小屋に押し込めてしまって、心苦しいかぎりだよ。もう少し羽振りが良ければ、長屋も按配できるんだがね」

好人物のあるじは、本当にすまなそうに言った。

「その羽振りが良くなるように、ほうぼうを廻っておりますんで。そのうち、花も咲くでしょうよ」

元松は噺家の顔で言った。

「頼むよ。講ではみな仲のいい顔をしてるが、せんじつめればあきないがたきだからね。乾物屋は数が多くて、なかなかあきないが広がっていかないんだ」

あるじは渋い表情になった。

「承知しました。ほうぼうの料理屋を廻っても、門前払いばかりという日もありますが、粘り強くやらせてもらいます」

元松は引き締まった顔つきで告げた。

二

「あっ、噺家のおじちゃん」

大松屋のせがれの升造と遊んでいた千吉が声をあげた。

駕籠から少し遅れて、額から汗を流しながら走っていたのは、千吉とすっかり仲良くなった元松だった。

「おう、千坊」

息を切らしながら、元松は言った。

「どうして走ってるの？」

わらべは無邪気に問うた。

「旦那さまが乗ってるんだ。ああ、もう少しだな」

やれやれという顔で、元松は言った。

行く手にのどか屋ののれんが見えてきた。大きく「の」と染め抜かれているから、遠くからでもよく分かる。

「なら、かけっくらするよ」

千吉はそう言うと、左足もちゃんと動かして走り出した。

「よしっ」

朋輩の升造も走り出す。

元松はもうあごが上がっていた。

「ちょっと待っておくれ」

わらべたちにはまったくかなわなかった。

ほどなく、のどか屋の前に駕籠が止まった。

中から下りてきたのは、松前屋のあるじの善助だった。

駕籠代を払い、杖を右手に持つ。

「すまなかったね、走らせて」

乾物屋のあるじが言った。

「いえ、身の鍛えになりますので」

元松はそう言って、額の汗を拭った。

人の気配を察して、おちよが中から出てきた。

「おかあ、おじちゃんにかったよ」

千吉が得意げに言う。

「おいらにはまけたけどな」

もう一人のわらべが胸を張る。

「こちらは？」

身ぶりをまじえて、おちよが問うた。

「申し遅れました。乾物屋の松前屋のあるじで、善助と申します」

「ああ、元松さんの……」

「今日はお付きで来ました」

まだ息を弾ませながら、元松が言った。

「走ってこられたんですか？」

おちよが驚いたように言った。

「ええ。ちょいと水を一杯」

元松は柄杓《ひしゃく》を動かすしぐさをした。

二人のわらべはまだ遊びの途中だったらしく、にぎやかな声をあげながら遠ざかっていった。乾物屋の主従はのどか屋に入った。

「はい、お水をどうぞ」

声を聞いていた時吉が元松に柄杓を渡した。

「ああ、ありがてえ」

元松はさっそく受け取り、喉を鳴らしてうまそうに呑んだ。

「駕籠を二挺、按配するようなあきないぶりではないもので」

善助がいくらかあいまいな顔つきで言った。

「なんの。駕籠はゆっくり進んでもらったのに情けねえかぎりで」

「お代わりは？」

時吉が問う。

「なら、もう一杯」

元松は指を一本立てた。

「では、こちらへ」

おちよがちょうど空いていた座敷を手で示した。

「元気そうだね、元松さん」

一枚板の席に陣取っていた隠居が声をかけた。

「おかげさまで」

元松が腰を折る。

「落ち着いて何よりじゃねえか」

隠居の隣には、火消しのよ組のかしらの竹一と纏持ちの梅次がいた。ほかの面々とのどか屋で待ち合わせてから、大川端の見廻りに行く段取りらしい。

「こちらの料理がおいしいと、元松さんから聞きましてね」

善助が笑みを浮かべて言った。

いまは小屋住みの身だが、もとは栄屋のあるじだから、松前屋のあるじは呼び捨てにはしなかった。

「ありがたく存じます。でしたら、松前屋さんから入れていただいた乾物を使った料理をお出しします」

時吉はすぐさま答えた。

「今日もだいぶ冷えてるので、胃の腑まであったまるものもございましたら」

右足を伸ばして座敷に座った善助は、それとなく「乾物のほかのもの」も所望した。

「承知しました。いましばしお待ちください」

すぐさま思案をまとめて、時吉は答えた。

「手打ち蕎麦は出ねえのかい？」

よ組のかしらの竹一がたずねた。

「深川で修業してきたっていう蕎麦がさっそく出るのかと思ってたんですが」

纏持ちの梅次も言う。

「今日のところは、肝心な蕎麦が入っていないので」

時吉が答える。

「できれば、玄蕎麦を石臼で挽《ひ》くところから始めようかと言ってるんですよ。お蕎麦屋さんでもないのに」

おちよが少しあきれたように言った。

「はは、時さんは凝り性だから」

隠居も笑う。

「この按配でしたら、出張蕎麦もそれなりにおいしいものが打てそうです」

時吉は手ごたえを感じながら言った。

隠居の俳諧の友のもとへ出向いて蕎麦を打つために、時吉は先日、厨をおちよに任せて一日かぎりの修業に出かけた。

川向こうの深川の黒江町《くろえちょう》で、前にうまい蕎麦を食べたことがある。

その隠れた名店、やぶ浪《なみ》へ赴き、ひとわたりわけを話して、角《かど》が立った蕎麦の切り方の伝授を頼んだところ、あるじの浪介《なみすけ》もおかみのおぎんも快く厨に入れてくれた。

見世にはずいぶんと活気があった。久しく子宝に恵まれなかったが、続けざまに子ができたらしく、わらべの声が重なって響いていた。

驚いたことに、あるじの浪介も時吉と同じく元は武家だったらしい。やぶ浪の常連らしい同心からそう聞かされた時吉は、蕎麦打ちの合間に剣術の話もした。

それやこれやですっかり意気投合した時吉は、浪介から蕎麦打ちの極意を伝授された。もともと包丁も剣術も筋がいい。時吉は角が立った蕎麦の切り方をただちに会得して帰ってきた。

「出張寄席は仕込みが要りませんから、身一つで行けますので」

元松が半ば噺家の顔になって言った。

「だったら、また永泉さんのとこへ寄って、そちらの都合のいいときに行けるからと伝えてくるよ」

隠居はそう請け合った。

ほどなく、料理が次々に出はじめた。

まずは乾物を使った一風変わった揚げ物だ。

牡蠣の身に塩胡椒をして、水気を取る。これに粉をまぶして溶き玉子にくぐらせ、衣をつける。

時吉が用意した衣は浅草海苔を細かくちぎったものだった。これをまぶしてからりと揚げると、風味豊かな牡蠣の浅草揚げの出来上がりだ。

「あつあつをお塩でお召し上がりくださいまし」

おちよが座敷に運んでいった。

「おお、これはうまそうだ」

善助が身を乗り出した。

一枚板の席にも同じ肴が出た。

「うめえ」

梅次が真っ先にうなる。

「これを食ったことは組の者には言わねえでおこう」

「恨まれちまいますからね、かしら」

火消したちの相談がただちにまとまった。

浅草揚げがなくなった頃合いを見計らって、おちよが座敷に鍋を運んでいった。

「胃の腑からあったまるものができました」

笑みを浮かべて言う。

おちよが出したのは、おなじみの煮奴だった。

のどか屋の命のたれも使った煮奴は、名物料理の一つだ。

「朝は豆腐飯、夜は煮奴か」

「気がついたら、のどか屋で豆腐ばっかり食ってるじゃねえか」

先だって、職人衆がそんな話をして大笑いになったほどだ。

「うめえ……」

元松がうなった。

「これは……駕籠で来た甲斐がありました」

善助も笑顔になった。

「だしがよく豆腐にしみてます。何と言いましょうか、つくり手の人柄までだしに溶け出しているような煮奴ですね」

素人落語家はまたうまいことを言った。

「たしかに、そうだな」

「冬場はこれにかぎるぜ」

火消したちが言う。

鍋にあらかたきりがついたところで、今度は小粋な肴が出た。

昆布の寿《ことぶき》揚げだ。

細長く切った昆布を器用にのし結びにし、からりと揚げる。ぱりぱりになった昆布に塩を振ってやれば、酒がすすむ肴になる。

「噺家さんの前で何だが……」

かしらの竹一がそう前置きしてから言った。

「こういったうめえもんを食ったら、大川へ身投げしたりはしねえだろうよ」

「その話は……」

元松はややあいまいな顔つきで右手を挙げた。

例の件については、雇い主の松前屋には伏せてある。よ組のかしらは心得て唇の前に指を一本立てた。

「実は、おとついも身投げ騒ぎがありましてね」

梅次が時吉に告げた。

「またですか」

「そのときは助けられなかったもんで。まだちょいと後生《ごしょう》が悪くって」

纏持ちは顔をしかめた。

「だったら、大川端にうまいものの屋台でも出したらどうかね」

隠居がふと思いつきを口にした。

「ああ、なるほど。それはいいかもしれませんね」

おちよがすぐさま言った。

「動く自身番みたいなものがあれば、だいぶ人助けになるのじゃないかねえ」

隠居がさらに言う。

「身投げをする前に、この世の食い納めをしようっていう思案が浮かぶでしょう。そんな思いつめた顔で屋台に来たら、察しがつくかもしれません」

元松はそう言って、いったん箸を置いた。

「屋台だったら、昆布や海苔なども使えそうだね」

乾物屋のあるじの顔で、善助が言った。

「お出しするのは何がいいかしら」

おちよが先走りをして言う。

「この時分だったら、胃の腑からあったまるものがいいね」

と、隠居。

「だったら、蕎麦はどうだい。一杯の蕎麦が救う命だってあるだろう」

「なるほど。そりゃいいかもしれませんね、かしら」

「何にせよ、大川端にそういった動く自身番がありゃ、おれらが縄張りの外へ見廻りに来なくたってすむわけだ」

火消したちはずいぶんと乗り気になってきた。

「まあ急ぐことではないので、じっくり思案していけばよござんしょう。その屋台があきないになれば、元松さんも長屋住まいになれるでしょうし」

善助が絵図面を示した。

「もうそうなったら、気を入れてやらせてもらいまさ」

元松の顔つきがぐっと引き締まった。

三

ほどなく、よ組の若い衆がのどか屋に姿を現した。

かしらの竹一と纏持ちの梅次は腰を上げ、連れ立って見廻りに出ていった。

それと入れ替わるように、千吉が外から戻ってきた。

「どれ、わたしもそろそろ帰らないと」

善助が伸ばした足をぽんとたたいた。

「では、駕籠を呼んでまいります」

おちよがすぐさま言った。

「千ちゃんが走るよ」

千吉がさっと右手を挙げた。

さすがに旅籠の町で、通りをいくらか進んだところに駕籠屋が出見世を構えていた。

客の所望があるたびに駕籠屋まで走るのが常だ。

「坊はその足で走れるのかい」

左脚の添え木のような道具を見て、善助が驚いたように言った。

「走れるようになったよ」

千吉はにっこりと笑った。

「かけっくらをしたら、かなわねえからな」

元松も笑みを浮かべた。

「じゃあ、千吉、頼むね」

おちよが任せた。

のどか屋の小さい番頭さんは駕籠屋でもかわいがられているから、お使いのつとめは十分に果たせる。

「うん」

わらべは力強くうなずいた。

「なら、おじちゃんとまたかけっこしよう」

元松が水を向けた。

「いいよ」

千吉が腕まくりをする。

「よし……なら、行くぞ」

素人落語家が大仰《おおぎょう》に腕を振り上げてみせたから、のどか屋に和気が満ちた。

「ずいぶんといい顔になったね、元松さんは」

二人が出ていってから、隠居が言った。

「やっぱり松前屋さんのつとめで張り合いがあるんでしょう」

おちよが言う。

「そうかもしれませんが、ずっと小屋住まいで相済まないことだと」

人の好いあるじは、あいまいな顔つきになった。

「屋台の話がうまくいけば、さらに船が前へ進むでしょう」

昆布巻きの下ごしらえをしながら、時吉が言った。

「動く自身番の人情屋台だね。元松さんにはうってつけだよ」

と、隠居。

「屋台だったら、べつに素人落語をやってもおとがめはないでしょう」

おちよが言った。

「乾物を使った蕎麦の屋台にするなら、蕎麦打ちをいくらでも教えますし、もし段取りがつくのなら深川のやぶ浪さんで修業させてもらうという手もあります」

時吉が案を出した。

「一度せき止められそうになった人生の川が、またいだんだんに広がってきたね」

隠居が目を細めた。

「屋台の前に、出張落語もありますし」

おちよが言う。

「そうそう。さっそく明日にでも根岸の永泉さんのところへ行ってみるよ」

段取りがあらかたついたところで、表で駕籠の気配がした。

千吉と元松の声も聞こえる。

「今度はおじちゃんが勝つぞ……さあ、どうだ」

わざとゆるめて走ってやっていることは、声の調子ですぐ察しがついた。

足音が近づいてきたせいで、仲良く寝ていたゆきとしょうがびくっと身をふるわせて飛び起きた。

「……千ちゃんの、かち！」

千吉が真っ先にのどか屋に戻ってきた。

第八章　のどかの巻

一

「そういうことでしたら、手前がつないでまいりましょう」

　美濃屋の手代の多助が言った。

　二日後ののどか屋だ。

「悪いね。今日明日ってことはさすがにないだろうが、どうも永泉さんは気が弱くなっていてね。今年の桜はあの世から見物することになるだろう、とか気の弱いことを言い出してるんだ」

　一枚板の席で、隠居が浮かぬ顔で言った。

「では、噺家さんの都合がつき次第、根岸へまいりましょう」

江戸前の牡蠣の下ごしらえをしながら、時吉が言った。

「そうそう。蕎麦をゆでる鍋はあるんだ」

隠居が思い出したように言った。

「さようですか。それは持っていく手間がはぶけました」

「順泉《じゅんせん》さんという女のお弟子さんがずっと世話をしていてね。たまにうどんをゆでていたそうだ」

と、隠居。

「お弟子さんがうどんを打つんですか？」

時吉が意外そうに問う。

「いや、お弟子さんだとこしが出ないから、永泉さんが打って、切るのとゆでるのを任せていたそうなんだがね……」

隠居はそこで言葉を切った。身が衰えてしまい、もううどんの手打ちができなくなってしまっているのだろう。

「では、またのちほど。こちらは帰り道になりますので」

多助はそう言うと、ちょうど旅籠から戻ってきたおそめと少しひそひそ話をしてから出ていった。

それと入れ替わるように、湯屋のあるじの寅次が入っていた。

「おっ、座敷が空いてるな。今日は大勢だから」

岩本町の名物男が言う。

「大勢って、一人増えただけでしょうが」

野菜の棒手振りの富八があきれたように言った。

「ご無沙汰しております」

その増えた一人の吉太郎《きちたろう》が頭を下げた。

「おとせちゃんは元気？」

おちよがたずねた。

吉太郎の女房のおとせは寅次の娘だ。

「ええ、岩兵衛《いわべえ》もだいぶ大きくなってきました」

吉太郎は笑顔で答えた。

持ち帰りもできる細工寿司と凝《こ》ったおにぎり、それに汁もうまい「小菊」は岩本町の名店に育っている。もともとはそこにのどか屋があったのだが、焼け出されて横山町に移ったあとに「小菊」がのれんを出すことになった。それ以来、工夫を重ねてきたおかげで、遠くからも客が来るようになった。

「今度、みなさんで来てくださいよ」

　酒を運びながら、おちよが言った。

「ええ、休みの日にでも。猫までは無理ですが」

　座敷の隅で寝ているのどかを指さして、吉太郎が答える。

「みけちゃんも元気？」

「ええ。だいぶ腹が出てきたので、やせさせないとと思って、たまにひもなどを振ってやってます」

　吉太郎は身ぶりをまじえた。

「小菊」が飼っているみけは、のどか屋で飼われていた猫だ。焼ける前ののどか屋に未練があるらしく、岩本町を離れたがらないので、「小菊」で飼ってもらうことにした。のどか屋の猫たちと同じく、子も産んで皆にかわいがられているらしい。

「今日は牡蠣攻めだよ」

　一枚板の席から隠居が言った。

「そりゃ望むところで」

「いくら攻められたってかまいませんや」

　座敷からすぐ声が返ってきた。

「では、まずはこちらから」

時吉が出したのは、牡蠣の味噌漬けだった。

味醂でのばした味噌床にひと晩漬けた牡蠣は、酒の肴にはもってこいだ。

「馬鹿に噺のうまい前座の落語家みてえだな」

寅次がうまいことを言った。

「お次は、こちらです」

時吉はすぐさま二の矢を放った。

牡蠣の煮おろしだ。

下味をつけておいた牡蠣に玉子の黄身衣《きみごろも》をまぶして揚げ、だしでさっと煮る。これに水気を絞った大根おろしをたっぷり投じ入れ、器に盛り付けて針柚子やあさつきをあしらう。

二幕目ののどか屋ならではの凝ったひと品だ。朝と昼の膳とは趣を変え、これは、とうなるような料理を出すのが包丁人の心意気だった。

「まあ、おいしそう」

呼び込みから帰ってきたおけいが、器を見るなり言った。

呼び込んできた客は、おそめが二階へ案内している。その明るい声がここまで響いてきた。

「千ちゃん、おなかすいた」

同じく呼び込みから戻ってきた千吉が言った。

「つとめが終わってからだぞ」

父が言う。

「おつとめは？」

わらべはあどけない声で訊いた。

「大根をとんとんしてくれ。終わったら、餡巻きをつくってやるから」

「うん！」

千吉の声が弾んだ。

「こりゃあ、江戸の味だね」

牡蠣の煮おろしを食すなり、岩本町の名物男がうなった。

「どれも江戸の味でさ、のどか屋で出るものは」

富八がまぜ返す。

「揚げ具合とだし汁の按配が見事です」

のどか屋で修業をしたこともある吉太郎が笑みを浮かべた。

好評のうちに牡蠣攻めが進み、例の浅草揚げをはさんでいよいよ真打ちの鍋の出番となった。

土鍋に昆布を敷き、霜降りにした牡蠣を入れる。薄めのだしで煮立てたところへ、千吉も切るのを手伝った大根を惜しまず入れ、ぐらりと来たところで火から下ろせば出来上がりだ。

「お待たせしました。牡蠣大根鍋でございます」

「一味唐辛子でお召し上がりください」

おちよとおけいが座敷に運んでいった。

「厳冬の恵みや牡蠣も大根も……だね」

さっそく舌鼓を打った隠居が発句を放った。

「……桜のごとき唐辛子なり」

鍋をちらりと見て、おちよが付ける。

「その桜みてえなものが利いてるな」

寅次がまたうなった。

「大根がうめえのなんの」

「そこは牡蠣をほめるところでしょう、富八さん」

吉太郎がすかさず言ったから、のどか屋に和気が満ちた。

それやこれやで、牡蠣攻めがひとしきり続き、岩本町の面々はみんな上機嫌で帰っていった。

おけいたちも浅草の長屋へ帰り、のどか屋の軒行燈に灯が入るころ、風呂敷包みを背負った多助が息せき切って戻ってきた。

「遅くなりました」

「あら、ご苦労さま」

おちよが労をねぎらう。

「どうだった？」

隠居が待ちかねたように訊く。

「元松さんは明日にでも出られるそうです。松前屋さんも快く『ゆっくりしてきてください』と」

額の汗を手で拭いながら、多助は伝えた。

「だったら、善は急げだね」

と、隠居。

「承知しました。ちよ、明日は厨も頼む」

時吉が言った。

「あいよ」

おちよは打てば響くように答えた。

二

根岸の里に、ちらほらと梅の花が咲いている。

その野道をたどっていくと、いかにも終《つい》の棲家《すみか》というたたずまいの一軒の家があった。

隠居の大橋季川の俳諧仲間で、古くからの友の安永永泉の隠居所だ。

今日の永泉は身を起こし、庭をながめていた。いやに枝の曲がりくねった松が植わっている。この家を隠居所にする決め手となった木だ。妙な枝ぶりに味を感じるのが俳諧師らしい。

「順泉さん……」

永泉は女弟子を呼んだ。

「はい、先生」

三十がらみの女弟子が答えた。

「お茶を、おくれでないか」

「あ、はい、ただいま」

順泉は笑みを浮かべた。

「蕎麦茶でよろしゅうございましょうか」

「季川さんが土産に持ってきてくれたものだね」

「ええ」

「なら、蕎麦茶で」

痩せこけた俳諧師は答えた。

順泉が師匠の世話をするようになったのは、せんじつめれば縁というものだ。大方の者は、永泉が若い嫁を娶り、世話をさせていると思っている。本当は清い仲で、身よりのない永泉のために、無私の心で世話をしていた。

物知りでやさしくて、どんな話も面白くしてくれる師匠のことを、順泉は心から好きだった。もうそろそろ寿命だと、昨年の暮れごろから気の弱いことを言い出したから、陰でそっと涙をぬぐうことが多くなった。

しかし、師匠の前では涙を見せず、順泉は明るくふるまっていた。一日でも長く師匠と過ごし、ひと言でも多く言葉を交わすことを順泉は願っていた。

「お茶が入りました」

順泉は湯呑みを二つ、盆にのせて運んでいった。

「ああ、すまないね」

永泉が受け取る。

「わたしもいただきます」

女弟子がそう言って座ると、待ちかねていたように一匹の雉猫《きじねこ》がぴょんと飛び乗った。どちらにもなついている黄色い目をした猫だ。

「おいしいね……」

「ええ、蕎麦の香りがします」

「今日は来てくれるかね、蕎麦屋さんが」

「蕎麦も打てる小料理屋さんだと聞きましたけど」

「ああ、そうだったね。季川さんがそう言っていた」

物憂げな口調で言うと、俳諧師はゆっくりと湯呑みを置いた。

「落語も、楽しみだ」

ややかすれた声で、永泉は言った。

素人落語を禁じられてしまった男が来て、「時そば」を演じてくれる。その話も、長年の友の季川から聞き、ずいぶんと楽しみにしていた。

「一つ、おたずねしたいことがあります」

雉猫の背をなでながら、順泉は問うた。

「なんだい？」

「お上はなぜ素人寄席をご法度にしたのでしょう。民のささやかな楽しみを禁じるようなことをするのでしょう」

「いい問いだね」

俳諧師はそう答え、少し間を置いてから続けた。

「とかくお上ってものは、民を一色《ひといろ》に染めようとするものだ。そのほうが御《ぎょ》しやすいからね。このたび、素人寄席を禁じ、いままであった寄席でも野暮な心学の講義を奨励したりしているのは、そういった心根があるからだろう」

師匠の言葉に、女弟子はゆっくりとうなずいた。

「だがね、一色に染まらないのが民のいいところさ。いろんな人がいて、なりわいがあって、楽しみがあって、世の中は成り立ってる。そこんところを、昨今のご政道は料簡違いをしていると思うね」

「よく分かりました、先生」

順泉は満足げな表情になった。

声にこそ張りはないが、言葉は聞き慣れた師匠のものだった。

「何にせよ……」

永泉がそこまで言ったとき、女弟子のひざにいた雉猫がはっとしたように身を起こし、縁側のほうへ走り寄っていった。

「どなたか見えたのかしら」

「季川さんかな」

永泉は耳をすました。

ほどなく、表のほうから人の話し声が響いてきた。

三

「横山町ののどか屋の時吉と申します。今日は蕎麦打ちにまいりました」

時吉はていねいに挨拶した。

「本当は武芸百般の料理人なんだがね。今日は蕎麦打ち一本で」

隠居が笑みを浮かべた。

「久しくうまい蕎麦をたぐってなかったので、楽しみです」

布団の上だが居住まいを正して、永泉は言った。

「それから、こちらは……」

隠居が元松を手で示した。

「噺家の浅草亭夢松と申します。今日は一席、心をこめて演じさせていただきます」

元松は気の入った表情で言った。

「『時そば』をぜひ、お願いしたいんですが」

永泉が言う。

「ええ、そのつもりでまいりましたので」

元松は笑みを浮かべた。

「じゃあ、どういう段取りにしようかね」

隠居が問うた。

「蕎麦をたぐりながら『時そば』を聞くってのも、妙なものだね」

と、永泉。

「なら、落語が終わってから蕎麦をたぐって、句会にしようじゃないか」

「いいね」

永泉は短く答えた。

「そうそう、噺家さんも俳諧の心得があるから、句座に入ってもらおうじゃないか」

隠居が元松を手で示す。

「そうかい。それはぜひ」

「ちょびっとかじっただけなんですが、枯れ木も山のにぎわいってことで」

もう半ば噺家の顔になって、元松は言った。


時吉は厨に赴き、さっそく蕎麦粉をこねはじめた。

幸い、蕎麦粉はいいものが入った。水を持っていくかどうか迷ったが、隠居からうまい茶が出ると聞いていたので見合わせた。井戸水を呑んでみたところ、これなら、という味がした。時吉はねじり鉢巻きをして水回しを始めた。

持参したのは、深めの木鉢とのし板とのし棒、それに麺切り包丁と小間板といった道具と、つゆを入れた壺だ。すべて合わせるとかなりの重さだが、時吉の力なら造作はなかった。

つゆは松前屋の昆布を使った。これに焼津《やいづ》の鰹節、野田《のだ》の醬油に流山《ながれやま》の味醂、いいものを惜しまず使った風味豊かなつゆだ。砂糖も加え、甘辛い江戸の味つけにしてある。

　水を蕎麦粉になじませるところから始めた蕎麦打ちは、いい按配に生地《きじ》が仕上がった。蕎麦粉は指の熱を嫌うから、うどんより蕎麦のほうが格段にまとめにくいのだが、時吉はもうやり方を会得していた。

「よし」

　一つ気合を入れ、切りに入ろうとしたとき、隠居が姿を現した。

「どうだい、時さん」

「これから切りに入るところです」

「そうかい。前座噺をやってもらってたんだが、そろそろ『時そば』の頃合いかと思ってね」

「声は聞こえますので、ちょうど終わる頃にお出しできるかと」

　時吉が答えた。

「お湯を沸かして、冷たい水も汲んでありますから」

　時吉の助役《すけやく》をつとめていた順泉が言った。

「だったら、お弟子さんも落語をお聴きなさいな」

隠居が水を向けた。

「あとはわたし一人でできますので」

時吉も言う。

「では、先生と一緒に聴かせていただきます」

女弟子の顔に笑みが浮かんだ。


時吉は麵切り包丁を握った。

ふっ、と息を一つ吐き、蕎麦生地を切りにかかる。

やぶ浪仕込みの角が立った蕎麦にするには、包丁を入れる向きが何より大事だ。ただし、いちいちたしかめながらでは太さが不揃いになってしまう。調子良く小間板を送りながら、さっさっと切っていかなければならない。

肝要なのは、蕎麦を切ろうと力《りき》まないことだ。きれいに切ろうと無駄な力が入ったら、かえってしくじってしまう。

物知りの隠居から、前にこんな話を聞いたことがある。

本当の弓の名人は、弓を的に当てようとしない。

矢はすでに当たっている。

心静かに矢を放てば、おのずから的に当たる。

なぜなら、矢はすでに当たっているから。

まるで禅問答のようだが、深い話だと時吉は思った。

蕎麦切りも、極意は同じだ。

麺切り包丁の重みだけで、すっすっと切っていく。ゆめゆめ、うまく切ろうと力んではならない。

蕎麦はすでに切れている。明鏡止水《めいきょうしすい》の境地で生地を見つめ、麺切り包丁を動かしていれば、蕎麦はおのずと切れていく。

やがて、すべての蕎麦が切り終わった。

ふう、と時吉が息をついたとき、座敷のほうから声が響いてきた。

元松の「時そば」が始まった。

四

元松、いや、浅草亭夢松の「時そば」は工夫を凝らしていた。

まくらが長く、小咄がまるまる入っていた。

しみったれたことが何より嫌いで、気が短い江戸っ子が、人のもり蕎麦の食い方に難癖をつける。

「なんでえ、せっかくの蕎麦にどばっとつゆをつけんじゃねえや、このすっとこどっこいが」

素人落語家はぎょろりと目をむき、額に青筋を立て、熱を入れて演じた。

「蕎麦ってのはな、こうやってたぐって……」

閉じた扇子を箸に見立て、大仰なしぐさをする。

ずっと身を起こしていたせいでいくらか大儀そうだった永泉も、笑みを浮かべて楽しそうに聴いていた。

「ちょびっと、ほんのちょびっとつゆをつけて、ずずずずっと啜るんだ。いいか、ほんのちょびっとだぞ」

ちょびっと、のところで声を裏返らせるのも工夫だった。

ああ、そうだった、と元松は思い出す。

初めて「ちょびっと」を演《や》ったとき、おさえは腹をよじって笑いころげた。

女弟子の順泉が声をあげて笑ってくれた。

その声に、だしぬけに娘の声が重なってきた。

ここで湿っぽくなってはいけない。

元松は軽く首を振り、落語を続けた。

まくらにも、さげがあった。

蕎麦つゆをべたっとつけることを何より嫌っていた江戸っ子は、いまわのきわにこうこぼす。

「ああ、一度でいいから、蕎麦にたっぷりつゆをつけて食ってみたかった」

表情豊かに演じると、永泉も笑った。

落語のなかとはいえ人が亡くなるから、どうしようかと迷っていたのだが、笑ってくれたからひとまずほっとした。

「蕎麦の噺を聴いてたら、おなかがぐっと鳴ってしまったよ」

少し息が入ったところで、隠居が言った。

「まあ、それは落語のあとのお楽しみということで」

そこで、厨のほうから声が響いてきた。

「いま、ゆではじめたところですので」

時吉の大きな声が聞こえたから、座敷に和気が満ちた。

「なら、早くサゲまでやったほうがいいですか?」

元松は叫ぶように問うた。

「冷たい水で蕎麦をしめる時もかかりますから、ゆっくりでかまいません」

「だったら、ゆーっくり……」

わざと音を延ばしてまず笑いを取ると、元松は「時そば」の後半に入った。

長屋に住む男が、いつも蕎麦の屋台の銭をいくらか安く上げているとおのれの知恵を自慢する。

「一《ひい》、二《ふう》、三《みい》、四《よう》、いま、何時《なんどき》だい？」

「へえ、おおむね五つで」

「六《むう》、七《なな》、八《やあ》……」

てな調子で、うまうまと銭を一文ごまかしているという話を鼻高々ですると、同じ長屋に住むうっかり者の八五郎《はちごろう》はえらく感じ入った。

「やっぱり頭は使いようだな。たった一文だと馬鹿にしちゃいけねえ。積もりつもったら、えれえ大金になるぞ。蔵を建てるのも夢じゃねえ。家だって建ちやがら。駿河《するが》町《ちょう》に家が建つ」

身ぶりをまじえて演じると、また座敷がわいた。

そんな按配で、乗せられやすい八五郎は、さっそく次の晩に同じことを試してみることにした。

だが、間抜けな男がやることとは、どこまでも間抜けだった。

「蕎麦ってのは、つゆにちょびっとだけつけて食うもんだからな」

屋台の蕎麦屋に向かって言う。

「はあ、そうかもしれねえけど」

蕎麦屋はあいまいな顔つきになる。

「蕎麦をべちゃっとつゆにつけて食うのは江戸っ子じゃねえやい」

「そう言いますけどね、旦那。いま食ってるのはもりじゃなくて、かけ蕎麦ですぜ。始めからべちゃっとつゆに浸かってまさ」

「そ、そうかい……そのかけ蕎麦を、ずるずるっと音を立てて……」

元松は泣き笑いをしながら蕎麦を啜る真似をした。

ここもまた、娘に聴かせながらつくりあげてきたところだった。

あのとき、死んだおさえは腹をよじって笑ってくれた。

そう思うと、急に身の奥から熱いものがこみあげてきた。

こんなことを言っちゃあ何だが、俳諧の先生があっちへ行ったら、あいつにも伝えてやってくれませんか。

いま演《や》ってる話を。

あいつが好きだった、おとっつぁんの「時そば」を……。

しばらく泣き笑いの話を続けてきた元松は、何かを振り切るように袖でさっと涙を拭った。

そして、気を入れて噺を続けた。

「おう。勘定を払うぜ」

屋台のかけ蕎麦を食べ終えた八五郎は、にやりと笑った。

だが……。

根は小心者の八五郎は、肝心なところで大きなしくじりをやらかしてしまった。

「五、六、七……いま、何時だい？」

「へい、そろそろ五つくらいで」

「六、七、八……おあとがよろしいようで」

素人落語家は、熱演を終えて破顔一笑した。

長く忘れがたい笑顔だった。

五

蕎麦が来た。

角が立った蕎麦をいい按配にゆで、冷たい井戸水できゅっとしめたものに、江戸ならではの甘辛いつゆがつく。これでまずかろうはずがない。

「腕が上がったね、時さん」

蕎麦を啜るなり、隠居が驚いたように言った。

「ありがたく存じます。付け焼き刃ですが、修業のおかげで」

時吉は笑みを浮かべた。

「どうだい、永泉さん」

箸を止めた友に向かって、隠居が問うた。

「ああ……」

永泉は少し間を置いてから答えた。

「これが、江戸の蕎麦だね。食い納めになっても、悔いはないよ」

俳諧師らしく、洒落もまじえる。

元松も蕎麦をたぐった。

「扇子の癖がついちまってるもんで、箸だとかえって食いにくかったりしますな」

素人落語家がおかしい身ぶりをまじえて言ったから、座敷に笑いがわいた。

女弟子の順泉もゆっくりと箸を動かしていた。満足なのは顔つきでわかる。

好評のうちに、すべての蕎麦が平らげられ、蕎麦湯になった。

どろっとするまで煮詰めた蕎麦湯だ。濃いめのつゆを割って呑めば、五臓六腑にしみわたる。

「この流れに乗って、あの世まで行けそうな蕎麦湯だね」

永泉がそんなことを口走ったから、季川があいまいな顔つきになった。

元松もうなずく。

「さて……」

気分を換えるように、隠居が座り直した。

「永泉さん、調子はどうだい。句会はできるかい？」

いたわるように問う。

「大儀は大儀だが……句会も最後になるかもしれないからね」

永泉はそう言うと少しせきこんだ。

順泉が背中をさする。

「悪いな」

師の言葉に、弟子は首をゆっくりと横に振った。

「では、句合わせか、歌仙を巻くか……」

隠居が友の顔を見る。

「ならば……安永永泉、終《しま》いの歌仙ということで」

しゃがれた声で、永泉が言った。

それで話が決まった。

六

「では、発句は永泉さんに」

季川が手で示した。

「いや……わたしは挙句《あげく》がいいね」

いくらか思案してから、永泉が言った。

「なら、年の功でご隠居が」

元松が言う。

俳諧の心得のある素人落語家と、女弟子の順泉も座に加わり、時吉だけが茶をいれたりする裏方をつとめることになった。

歌仙をきまじめに巻こうとすると、座などの難しい決めごとの川を渡っていかなければならない。永泉の身の力を鑑《かんが》み、今回は決めごとにはこだわらずに何でもありということにした。

「ならば……一人だけ座に加わっていない人の見世の名を織りこんで、一句」

隠居が発句を口にした。

順泉が品のある達筆で紙にしたためる。

のどかなる根岸の里の便りかな　大橋季川

「では、脇を付けておくれ、永泉さん」

古くからの友に向かって、隠居は笑みを浮かべた。

永泉は瞑目した。

しばらく思案してから、年老いた俳諧師は口を開いた。

いつまた咲くと鳴くやうぐひす　安永永泉

最後にまた桜を見てから死にたい。

そんな願いが表れた脇句だった。

歌仙はだんだんに進んだ。

すぐ浮かばなかったら番を飛ばし、皆が付け句番にならないように按配しながら進めていく。

甲高《かんだか》き祭りの笛に浮き立ちて　順泉
なんだかんだと大川の水　夢松
身を捨てて浮かぶ瀬もあり江戸の華　季川
三途《さんず》の川の渡し賃いくら　永泉
舟唄の長く尾を曳《ひ》く夜長にて　順泉
屋台の蕎麦のつゆの甘さよ　夢松
今生《こんじょう》は蕎麦をたぐりて酒呑んで　永泉

夢のごとくに過ぎてゆくなり　順泉
あの世から死んだ娘の声がして　夢松
やさしき風はこの町に吹く　季川
その風に乗つて散りたや桜花　永泉
餡たつぷりのぼた餅一つ　順泉

「どうしてぼた餅なんでしょう」

茶のお代わりを運んできた時吉が、思わずそうたずねた。

「桜花から桜餅を思い浮かべたのですが、それだと付き過ぎなので、ぼた餅にひねってみました」

順泉が舞台裏を明かす。

「なるほど、そうやってつくっていくんですね」

時吉は感心の面持ちになった。

「時さんもどうだい」

隠居が水を向ける。

「いやいや、わたしには荷が重いですから」

時吉はあわてて手を振った。

どの国にも峠のありて茶屋のあり　季川
坂を急げる飛脚の足裏《あうら》　永泉
鳥帰るかなたに光る山一つ　順泉
ほういほういと呼ぶ声響く　夢松
あの世からのお呼びにさつと右手挙げ　永泉
あちらへどうぞと憎き奴指す　夢松

噺家らしく身ぶりをまじえて即座に付けたから、座がどっとわいた。
三十六句から成る歌仙はさらに続く。

包丁の響きは涼し葱刻む　季川
青みも白も大地の恵み　順泉
大川を泳ぐ人ゐて魚ゐて　夢松
うろこだらけになりたる夢か　季川

一生も夢のごとしよ冷やし飴　永泉
　酸いも甘いも麦湯の中に　順泉

「麦湯ではありませんが」

　時吉が控えめに言って、茶のお代わりを運んできた。

「ちょうど切りがいいから、引札の文句でかまわないので、時さんも一句だけ入っておくれ」

　隠居が言った。

「えっ、ちょと違って、わたしは不調法なもので」

　時吉は固辞したが、なおも声が飛んだ。

「ほんとに、引札でいいんだよ」

　と、隠居。

「五七五になってればいいんですから」

　元松も和す。

「『のどかの巻』になりますから、のどか屋さんも、ぜひ一句」

　永泉からもそう言われたから、時吉は肚《はら》をくくった。

そして、思い浮かんだ文句をそのまま口にした。

　お泊まりは料理もついたのどか屋へ　時吉

「うん、それでいいよ。わたしが付けよう」

隠居がすぐさま言った。

こうして歌仙は続いた。

海の幸あり山の幸あり　季川
折々は神も仏も皿の上　永泉
食へない奴と思ふ馬鹿ども　夢松
一生は飯食ふばかり寝るばかり　季川
振り向けばただ茫漠の道　永泉

永泉で挙句になるように計らいながら、句をつらねていく。

そして、歌仙は大詰めに近づいた。

猫の目も月のひかりも黄色にて　順泉
極楽まではさて何万里　夢松
この世にもあの世にも吹く風のあり　季川
いつか帰らんなつかしき江戸　永泉

「最後が江戸で、『のどかの巻』がきれいに巻きあがったね」

季川が笑みを浮かべた。

「そうだね」

永泉が感慨深げにうなずく。

順泉が余白に日付を記した。

その紙に、ぽとりと水ならざるものがしたたり落ちる。

それは、挙句の「江戸」の字をほんの少しにじませた。

第九章　翁蕎麦《おきなそば》

一

桜だよりが南のほうから流れてきた。

伊豆《いず》のほうでは、早咲きの桜が美しい花を咲かせているらしい。

「おっつけ、江戸の墨堤《ぼくてい》あたりも花ざかりになるだろうぜ」

桜だよりをのどか屋にもたらしたのは、あんみつ隠密だった。

御用でしばらく伊豆に滞在していたようだが、やっと江戸に帰ってこられたと言って、のどか屋に立ち寄ってくれた。

「ただ、昨今は細《こま》けえとこまで倹約なので、羽目をはずした花見にはおとがめがありそうですな」

連れ立ってのれんをくぐってきた万年同心が言った。

「どんなおとがめなの、平ちゃん」

厨に入っていた千吉が気安く呼んだ。

「このところのお上は、民に派手なことをやらすまいと目を光らせてるからな。のどか屋が派手な何段重ねの花見弁当をつくろうものなら、のれんをかっさらって、あきないまかりならぬ、と」

万年同心が怖い顔をつくってみせると、千吉は急にあいまいな表情になった。

「千ちゃんが、のどか屋をつぐんだよ。のれん、もっていかれるの、いや」

わらべはそう言うと、いきなりわっと泣きだした。

「おう、すまねえ、ちょいと小芝居をしちまった」

万年同心が頭に手をやった。

「素人の芝居はご法度なんだぜ」

安東満三郎がおかしそうに言った。

「おまえの分もつくってやるから、機嫌を直せ」

餡巻きの支度をしながら、時吉が言った。

「おとうとおかあがいるから、のどか屋ののれんは大丈夫よ」

おちよがなだめるように言う。

「わたしたちもいるから」

「安心してね」

座敷の客に茶を運んでいたおけいとおそめも言うと、千吉はやっと涙をふいてうなずいた。

千吉よりは年かさだが、相州の二宮《にのみや》から江戸見物に来た客はわらべをつれていた。そこで、わらべが喜ぶ餡巻きの支度を始めたところ、その気配を察したかのようにあんみつ隠密が入ってきた。

「それにしても、気がかりだな」

一段落したところで、あんみつ隠密が声を落として言った。

「なにぶんお歳だから。何なら、これからちょいと見てこようか」

万年同心が申し出た。

「いえ、元締めの信兵衛さんが帰りに寄ってくださると」

手を動かしながら、時吉が答えた。

「そうかい。なら、任せとけばいいな」

と、同心。

「旅に出るんでしたら、ひと言ありそうなものだけど」

おちよは案じ顔で言った。

皆が案じているのは、隠居の大橋季川だった。

季川といえば、のどか屋の一枚板の席には欠かせない常連だ。

「わたしゃ、ここの置き物だから」

一枚板の席を指さして、そんな戯《ざ》れ言《ごと》を飛ばすくらいで、根が生えたように隠居が陣取っているさまはおなじみの光景だ。

その隠居が、どうしたことか、ぱったりと来なくなってしまった。もう半月にもなるから、皆が案じるのも無理はない。

「お待たせしました」

始めの餡巻きは、あんみつ隠密に供された。

「おう、これが新手の甘えものか」

甘いものに目がない安東満三郎が身を乗り出す。あんみつ隠密のためにつくったような品だが、御用が長かった当人に出すのは初めてだ。

座敷にはおちよが運んでいった。

「うわあ、おいしそう」

たちまちわらべの歓声があがる。

「うん、甘え」

一枚板の席では、あんみつ隠密がいい声を響かせた。

「今日の『甘え』には、いちだんと力がこもってますな、旦那」

半ばはあきれたように、万年同心が言う。

「おう。あんみつ煮も良かったが、これならもっと酒がすすむぜ」

あんみつ隠密がそう言ったから、万年同心がうへえという顔つきになった。

「おいしい」

座敷のわらべの顔がほころぶ。

時吉が千吉にも餡巻きの皿を渡した。

「ほい、おまえにも」

「わあい」

千吉はさっそく手を伸ばした。

まだ熱かったようで、ちょいと手を引っこめ、また恐る恐るつかむ。

「旦那には、こちらを」

時吉は小鉢を出した。

しめ鱚《きす》の酢の物だ。

昆布じめにした鱚の身に、若芽と独活《うど》を合わせ、土佐酢で和えた小粋な肴だった。

「おれはこっちがいいな」

芝居の脇役が似合いそうな顔がほころぶ。

千吉がはふはふ言いながら餡巻きを食べだし、のどか屋に和気が生じたとき、表からちのが帰ってきて、

「みゃ」

と、短くないた。

「お客さん？ ちのちゃん」

おちよが短く問う。

ほどなく、のれんが開き、おなじみの顔がのぞいた。

隠居の季川が、いくらかあいまいな顔つきで入ってきた。

二

「いまちょうど、うわさをしてたところで」

あんみつ隠密がそう言って、隠居の座るところをつくった。

「うわさをすれば影あらわる、とはよく言ったもんですな」

万年同心が言う。

「心配だから、元締めさんが見にいくことになってたんです」

時吉が告げた。

「ちょいと取り込みごとがあってね」

隠居はそう答え、いつもの席へゆっくりと腰を下ろした。

「取り込みごとと言いますと?」

おちよがたずねた。

「実は……」

隠居は一つ息を入れてから答えた。

「長年の友の永泉さんが、とうとう亡くなってしまってね」

しんみりとした口調で言う。

「永泉さんが?」

時吉の手が止まった。

「そうなんだ。喪に服していたので、のどか屋には来られなかった。心配をかけてすまないね」

「そうでしたか……花見には間に合わなかったんですね」

「いや」

隠居は軽く右手を挙げた。

「看取ったお弟子さんの順泉さんによると、亡くなる前の晩にお花見をした夢を見たらしい」

「夢で花見かい」

と、安東。

「そうなんです。とうに亡くなっていたなつかしい人たちと一緒にお花見をして、句座を囲んだと、順泉さんに楽しそうに言っていたそうだよ」

隠居が告げた。

「すると、苦しまれることなく……」

おちよが口をはさむ。

「眠るがごとき大往生だったそうだ。亡くなる前においしい蕎麦を食べ、好きな落語を聴き、歌仙を巻いて、夢で桜もながめてから逝《い》ったんだからね。うらやましいかぎりだよ」

隠居はそう言って猪口《ちょく》の酒を呑み干した。

永泉の初七日が過ぎ、遺品の整理もきりがついた。女弟子の順泉はこれから仏門に入り、亡き師の菩提《ぼだい》を弔うらしい。

「そうそう。のどか屋さんにもよろしく、と永泉さんから順泉さんに伝え言があったそうだ」

「さようですか」

時吉は感慨深げにうなずいた。

「いまごろは、あの世でのどか屋の評判を伝えているだろうよ」

「それで、向こうから客が来られたら困るけどよ」

幽霊同心の異名を取る万年平之助が身ぶりをまじえて言ったから、しめっぽかった気がようやく少しやわらいだ。

三

翌日、隠居の季川は「一枚板の席の置き物」に戻った。

旅籠の元締めの信兵衛と並んで、細魚《さより》の糸造りを肴に呑んでいると、のれんが開いて元松と松前屋のおかみのおきんが入ってきた。

「ああ、元松さん」

すぐさま隠居が声をかける。

「実は、永泉さんが亡くなってしまってね」

「えっ」

元松は思わず絶句した。

「うらやましいような大往生で、好きな『時そば』を聴いてから向こうへ行けるから、思い残すことはないとお弟子さんに言っていたそうだ」

隠居が温顔で伝えた。

「さようでしたか……」

元松の肩がいくらか落ちた。

「まあ、こちらへ」

おちよが空いていた座敷を手で示した。

「いえ、これからあきないですので」

おきんがやんわりと断る。

「で、今日はちょいと相談ごとがありまして」

元松は気を取り直したように言って、松前屋のおかみの顔を見た。

「ええ。元松さんにいつまでも小屋住みを続けてもらうわけにもいかないので、あるじと相談していたところ、屋台の目星がついたんです」

ちょうどおそめが千吉とともに帰ってきた。

伯母に向かって、おそめが頭を下げる。

「蕎麦の屋台で、すぐにでもあきないができそうです」

元松の表情が少しやわらいだ。

「それで、のどか屋さんに相談なんですが……」

おきんが切り出した。

「うちのあきないものを使ったお蕎麦の屋台にしようと、皆で話をしていたんですよ。つゆについては、昆布を使えます。あとは、ただのかけ蕎麦じゃなくて、何か名物になるようなものを思案していただけないかと存じまして」

「それはいいね」

隠居がすぐさま乗ってきた。

「急ぐことじゃないんですが、これは、というものを思案していただければありがてえかぎりで」

素人落語家らしく、両手を合わせる大仰な身ぶりをまじえて、元松が言った。

「承知しました」

時吉が気の入った顔で請け合った。

「善助さんからもそういうお話を聞いていたので、絵図面はだいぶできていますので」

「のりを入れるといいよ」

千吉が横合いから言った。

「おまえは黙ってなさい」

おちよにたしなめられたわらべは、ぷうっとほおをふくらませた。

「いや、あぶった海苔を入れるのもいいんだが、ほかにも思案があるんだ」

時吉はこめかみのあたりを指さした。

「なら、そのうち、舌だめしがありそうだね」

隠居が言う。

「ええ、その節はよしなに」

「それはそうと、浅草の長屋で良ければ、近々空きが出そうなんだがね」

旅籠ばかりでなく、長屋も持っている信兵衛が水を向けた。

「さようですか。それはありがてえ」

元松がまた両手を合わせた。

「これも縁だから、店賃《たなちん》は安くしておくよ」

信兵衛は笑みを浮かべた。

「助かります」

おきんが頭を下げる。

「屋台で入り用な小間物があったら、何でも言ってください」

伯母に向かって、おそめが言う。

「そうね。小ぎれいなのれんがあるといいわね。染物屋さんに頼んでもいいんだけど」

「いえ、美濃屋でできますから」

多助の代わりに、のどか屋でちゃっかりあきないもしているおそめが請け合った。

そんな按配で、元松の屋台の絵図面がだんだんにできてきた。

四

「なるほど、翁蕎麦《おきなそば》かい」

一枚板の席で、長吉が言った。

例によって何のかんのとわけをつけて孫の顔を見に来た料理人は、時吉から話を聞いて言った。

「とろろ昆布なら、身の養いにもなるでしょうから」

蕎麦を切り終えた時吉が答える。

元松の屋台で出す蕎麦をこれからつくってみるところだ。いい按配に長吉が来てくれたから、舌だめしにはちょうどいい。

「翁蒸しに翁造り、とろろ昆布を使った料理はいろいろあらあな」

長吉は言った。

とろろ昆布を翁の白髪《しらが》に見立てた小粋な料理だ。

翁蒸しはとろろ昆布を器に敷き、魚の切り身をのせて蒸しあげる。翁造りは酢でしめた身にとろろ昆布をまぶして仕上げる。

「『小菊』では翁巻きも出してるわよ」

　おちよが言う。

「おう、あれもなかなか粋なもんだ」

「いき、って何？」

　厨でむきむきの稽古をしていた千吉がだしぬけにたずねた。

「そりゃあ、おめえ、だんだんに歳がいったら分かってくるからよ」

　古参の料理人の目尻にしわが寄る。

「大人にならないと、分からないの？」

「ちょいとわらべにゃ荷が重いやね」

「ふうん」

　千吉はいくらか片づかない顔になった。

　蕎麦がゆであがり、いよいよこれから翁蕎麦づくりという頃合いに、匂いをかぎつけたかのように隠居が入ってきた。

「ちょうどいい按配だね」

　長吉の隣に腰かけて笑う。

　湯屋へ行っていた客も戻ってきた。定宿にしてくれている越中富山《えっちゅうとやま》の薬売りたちだ。

「越中でも昆布は食べますんで、喜んで」

「北前船《きたまえぶね》が通りますんで」

薬売りたちが笑みを浮かべる。

「葱のとんとんはできたか？」

時吉は千吉に問うた。

薬味の葱の小口切りは跡取り息子のつとめだ。

「うん」

自慢げに父に見せる。

「腕が上がったな、千吉。うちでも使えるぞ」

長吉の目尻がまた下がる。

ほどなく、翁蕎麦ができあがった。

とろろ昆布のほかに、さっとあぶった海苔と、彩りも兼ねて紅蒲鉾を入れた。これに薬味の葱と一味唐辛子がつく。屋台の蕎麦なら、これで十分だ。

「はい、お待たせいたしました」

座敷にはおちよが運んでいった。

ちょうど客の案内を終えたおけいとおそめが帰ってきた。

「わあ、おいしそう」

「まかないの分もありますか？」

おけいがたずねた。

「あるよ」

時吉が笑みを浮かべた。

「ゆでかげんがちょうどいいね。とろろ昆布との息もぴったりだ」

隠居のお墨付きが出た。

「いかがでしょう」

時吉は師匠の長吉の顔を見た。

「つゆの味もしっかり出てら。いい昆布を使ってる。ただ……」

古参の料理人は思わせぶりに言葉を切った。

「ただ？」

時吉が先をうながす。

「屋台の蕎麦なんだから、蒲鉾はもっと薄くていいぞ。こんな厚切りじゃ利が薄くならあな」

「何かと思ったら、そんなことなの、おとっつぁん」

おちよが半ばあきれたように言った。

「そんなことって、馬鹿にしちゃいけねえや。この先、長くあきないをやっていかねえといけねえんだから」

長く料理屋を続けてきた者らしい、重みのある言葉だった。

座敷の客の評判も上々だった。

「うまいっちゃ」

「この屋台、名物になりますよ」

薬売りたちの顔に笑みが浮かぶ。

一段落ついたところで、おけいとおそめ、それに、今日はのどか屋番のおこうにもまかないの蕎麦が出た。

「千ちゃんにも」

わらべもねだる。

「おう、いいぞ」

時吉は小ぶりの椀も取り出した。

のどか屋の面々の評判も上々だった。

「この屋台はどこへ出すんです？」

おけいがたずねた。

「元松さんは大川端へ出したいと」

時吉が答えた。

「それは、冬場にはもってこいね」

「体の芯からあったまりそう」

おそめとおこうが言う。

「おいしい！」

小ぶりの椀で食べた千吉もとびきりの笑顔で言った。

かくして、支度はすべて整った。

五

松前屋を出た元松がのどか屋に来た。

屋台の蕎麦だから出来合いのものを仕入れてもいいのだが、利は薄くなってもおのれの手で仕込んだものにしたかった。

つゆもそうだ。昆布と鰹節を使ったこくのあるだしに、醤油の香りが漂うかえしを合わせて、江戸風の甘辛いつゆに仕上げる。

そんなわけで、元松はのどか屋に住み込んで修業をすることになった。昼の膳が終わって二幕目が始まるまでに蕎麦を打ち、それから旅籠の呼び込みに行く。

仲良しの千吉に合わせて、元松も引札入りの半袢を仕立て、両国橋の西詰へ呼び込みに行った。

「はたごのおとまりは……」

「料理自慢ののどか屋へ」

「とうふめし、おいしいよ」

「これが何よりの江戸土産」

すっかり息の合った千吉と元松の呼び込みのおかげで、旅籠の泊まり客は次々に見つかった。

二幕目の客の波が引いたあとも、元松は厨に入って蕎麦打ちの稽古に励んだ。その甲斐あって、屋台で出すなら上々吉《じょうじょうきち》の蕎麦になってきた。

元松はのどか屋の座敷に布団を敷いて寝た。

「すみませんね、狭いところで」

「小屋に比べたら、極楽みたいなもんです。ありがたいかぎりで」

元松はおちよに頭を下げた。

夜に座敷であお向けになって寝ていると、どの猫かは分からないが、腹に乗ってきてふみふみを始める。

ときには二匹も乗ってくることがある。いささか重いが、冬場はちょうどいい按配の掛け布団の代わりになった。

元松はいくたびか夢を見た。

あの世から、おさえが会いに来てくれた……。

そう思って、猫の背中をなでたこともある。

目が覚めると猫だったから、元松は思わず苦笑いを浮かべた。それでも、あたたかい血の通ったものがおのれに寄ってきてくれるのはありがたかった。

さらに段取りが進んだ。

元締めの信兵衛は、仕込みもできる構えの長屋を按配してくれた。

「わたしには過ぎた構えでさ」

下見に行った元松は頭を下げた。

「ここだったら、近場に出したらどうだい？」

信兵衛が水を向けたが、元松は首を横に振った。

「いや、どうあっても大川端に出してえもんで」

「そうかい。屋台をかついでいくのが大変そうだがね」

「それもまた楽し、でさ」

素人落語家はそう言って笑った。

六

花だよりは江戸にも届いた。

しばらくは、花見の弁当でのどか屋は大忙しになった。

千吉と掛け合いながら、元松も精一杯手伝った。

そして、大川の水面《みなも》に花吹雪が浮かぶころ、機は熟した。

「長々と世話になりました」

元松はていねいに礼を述べた。

春の夕まぐれだ。

明日からいよいよ翁蕎麦の屋台が出る。仕込みもあるから、今日から浅草の長屋に移る段取りになっていた。

「気張ってやってくださいまし」

時吉が笑みを浮かべた。

「泊まりのお客さんにおすすめしますので」

おちよも和す。

「そりゃありがてえこって」

と、元松。

「屋台で落語を演《や》ったりはするのかい」

隠居が訊く。

「いや……」

元松は少し間を置いてから答えた。

「いきなりおとがめがあったりしたら困るので」

素人落語家はそう答えた。

「せち辛え世の中になっちまったもんだな」

「野暮の極みじゃねえかよ」

座敷に陣取った職人衆があきれたように言う。

「まあとにかく、気張ってやりまさ」

元松はだれにともなく言った。

「千ちゃんも、いくよ」

「おう、食いにきてくれるのかい」

「うん」

わらべは力強くうなずいた。

「なら、前を向いて行きまさ」

最後に、元松は身ぶりをまじえて言った。

「気張ってね、おじちゃん」

千吉が真っ先に言った。

第十章　人情大川端

一

「毎度ありがたく存じます」

客に向かって、元松は頭を下げた。

翁蕎麦の屋台を出して、早いもので十日ほど過ぎた。

始めのうちはしくじりもあった。

おのれが身投げをしようとして助けられた大川端からぜひやり直したい。生まれ変わったつもりで、一杯のかけ蕎麦に気をこめてお出ししたい。

その意気は良かったが、天気のことも思案に入れておくべきだった。

川べりは風が吹く。あまりに強いと火をおこせず、せっかくのつゆをあたためることができなくなってしまった。

そもそも、そんな風の日に大川端を歩く者はいない。絵図面の引き違いで、蕎麦が無駄になってしまうこともあった。

「しくじっちまったな、おさえ」

なにぶん話し相手がいないから、死んだ娘がそこにいるかのように独り言を言うことも間々《まま》あった。

そんな按配で、しくじりからも学びながら、元松はあきないを続けた。

翁蕎麦の評判は上々だった。

「なんでえ、とろろ昆布まで入《へえ》ってるじゃねえか」

「こいつぁ豪儀だ」

仕事帰りとおぼしい左官衆が言った。

江戸っ子らしく、「とろろ」はつばが飛びそうな巻き舌だ。

「へい、寿命が延びる縁起物で。じさまの白髪に見立ててますんで」

きっぷのいい口調で、元松は告げた。

「へえ、そうかい」

「おめえさん、噺家みてえなしゃべり方をしやがるな」

「実は……素人の寄席に出てました。いまはご法度にされてしまったんですが」

元松はそう明かした。

「道理で、そういうしゃべり方だと思ったぜ」

「なら、一席やってくんな」

「ここでやる分にゃ、おとがめはねえだろうからよ」

客に請われた元松は、「時そば」をぐっと約《つづ》めて演じて見せた。

「はは、こりゃいいや」

「腹がよじれて、いま食った蕎麦が飛び出しちまいそうだぜ」

「おう、なら『時そば』みてえに一文多めに払ってやらあ」

「落語の聴き賃を払わにゃ後生《ごしょう》が悪いからな」

左官衆はそう言って、お代を上乗せして払ってくれた。

そんな按配で、だんだんに常連もつきそうな按配になってきた。

のどか屋の客もふらりと顔を見せてくれた。

「おう、やってるな」

「提灯が出てるからすぐ分かるぜ」

そう言って近づいてきたのは、よ組の火消し衆だった。

「やらせてもらってます。あいにくあと二食しか蕎麦がないんですが」

元松はすまなそうに言った。

「繁盛してるじゃねえか」

「そりゃ何よりだ」

かしらの竹一と纏持ちの梅次の声がそろう。

「なら、腹が減ってるやつが食え」

かしらが若い衆を見た。

「おいらが」

「おいらも」

すぐさま二つ手が挙がる。

「いまつくりますんで」

元松はてきぱきと手を動かしはじめた。

火消し衆も命の恩人だ。

大川に身を投げてあの世へ行こうとしたら、人情の手を差し伸べられて、ひょいとこの世に戻ってきた。

一度はここで死んだ身だ。

一杯一杯に感謝の思いをこめて、元松は屋台の蕎麦をつくっていた。

「へい、お待ち」

「お、来た来た」

「いいな、おめえらだけ」

「すまねえこって」

そう言いながら、さっそく箸を取る。

「ああ、とろろ昆布がうめえ」

「蕎麦もしっかりしてら」

「こりゃ、屋台の蕎麦じゃねえな」

そう言うと、若い火消しはまたずずずっと音を立てて蕎麦を啜った。

「手打ちでやらせてもらってますから」

元松が言う。

「おう、つゆくらい残しとけ」

かしらが笑みを浮かべて言った。

「へい」

「そうしまさ」

残ったつゆは、まるで酒の大盃を回すような調子で、火消し衆が呑んだ。

「うめえ」

かしらの竹一が言った。

「おめえさんの人生の味が出てるぜ」

火消しの言葉に、元松は感慨深げにうなずいた。

二

「それはちょっと間《ま》が悪かったね」

旅籠の元締めの信兵衛が言った。

「まだちょっと早かったんでしょうか」

おちよがたずねた。

千吉が「おじちゃんの屋台」で蕎麦を食べると言って聞かないから、日の暮れ方におちよが大川端までつれていった。

しかし、それらしい屋台が出ていなかったから、べそをかいて帰ってきた。

「それもあるだろうが、風が強い日には近場の浅草に出すんだよ」

信兵衛が教えた。

「ああ、なるほど。川べりに出してもお客さんは来ませんものね」

おちよは得心のいった顔つきになった。

「屋台は夕方から出すので、雲行きを見て、どこにするか決めるそうだ」

信兵衛が言った。

「途中で大雨になったら困りますから」

と、おちよ。

「昼間はずっと蕎麦打ちと仕込みを？」

時吉が厨から問う。

「そうみたいだね。朝風呂にさっと浸かってから、気を入れて蕎麦打ちにかかると言ってた」

信兵衛が答えた。

一昨日は松前屋の善助がのれんをくぐってきた。

乾物が薄くなってきたら、元松が松前屋まで仕入れにくるらしい。顔色が良く、やる気になっているようだから、まずはひと安心だと喜んでいた。

次の日――。

仕切り直しで、千吉はまた大川端へ赴くことになった。

「平ちゃん、元松おじちゃんの屋台へつれてって」

のどか屋に姿を現した万年平之助同心に向かって、わらべは気安く言った。

「おう、いいぜ。おれもちょいと用があるんだ」

幽霊同心は笑みを浮かべた。

「用って？」

千吉が問う。

「まあ、行きゃあ分かるさ」

万年同心が思わせぶりに言う。

「何か企みがありそうですね、旦那」

おちよがいくらか声をひそめた。

「さすがはおかみだ。読むな」

と、同心。

「たくらみって？」

千吉が問う。

「だから、行きゃあ分かるって」

同心はもったいぶって教えようとしなかった。

「わたしもそのうち行くから、と伝えといておくれ」

一枚板の席から、隠居が温顔で言った。

「承知」

万年同心が、いなせに右手を挙げた。

「あんまり暗くならないうちに戻してくださいましね」

おちよが言う。

もう日の暮れがたで、通りに西日が差している。

「また送ってくるからよ」

同心はそう請け合った。

三

「今日はここだ」

元松はそう言って、かついできた屋台を下ろした。

屋台ばかりでなく、丼に箸、つゆと湯を入れる鍋に蕎麦や具の箱、まとめて一人で運ぶと相当に重い。

向かい風だとことに難儀で、上り坂がこたえるから、大川端まで行かずに長屋の近くへ出すこともしばしばあった。

しかし……。

できることなら、ここに屋台を出したかった。

ここからは両国橋が見える。むかし、元気だったころのおさえを肩車して船を見せてやったあの橋だ。

夕まぐれ、まるで切り絵のように、子を肩車した父の姿が見えることがある。まるで、むかしのおのれとおさえのようだ。

客を待っているあいだ、大川をゆるゆると流れる船をながめる。かつて娘と一緒にながめた船だ。

なかには、このまま浄土まで流れていく船もあるような気がする。

元松は手を止めて、しみじみとそのさまを見ていた。

「おじちゃーん」

わらべの声で、元松は我に返った。

見ると、のどか屋の千吉がこちらへ走ってくるところだった。

まだいくぶんぎこちないが、腕をうれしそうに振りながら走ってくる。

そのうしろから、懐手をした万年同心がのしのしと近づいてきた。

「食いにきてくれたのかい、千坊」

元松は笑顔で言った。

「うん」

少し荒い息で、千吉はうなずいた。

「昨日の屋台は浅草のほうだったんだな？」

同心がたずねた。

「へい、風が強かったんで。昨日も来てくだすったんですかい？」

「おかあと来たの」

千吉が答えた。

「いなかったから、べそをかいて帰ってきたらしい」

同心が告げた。

「そうかい。そりゃあ悪いことをしたな。今日はこの大川端だから、皮切りの一杯を食ってくんな」

元松が言うと、わらべは、

「うん」

と、力強く答えた。

ほどなく、蕎麦が二杯できた。

「わらべ用の丼はないから、ちょいと多いかもしれねえがよ」

元松はそう言って、千吉に翁蕎麦を渡した。

「食べられなかったら、平ちゃんに食べてもらうから」

「おう、いいぞ」

万年平之助が笑う。

「旦那にも」

丼が渡った。

「いい香りだな。おう、千坊、筵《むしろ》に座って食いな」

同心は目で示した。

「うん」

千吉はつゆをこぼさないように気をつけて座った。

「長床几《ながしょうぎ》までは運べねえもんで、筵ですまねえこってすが」

元松は同心にわびた。

「いいじゃねえか。べつに座らなくたって、大川の夕景色を見ながら立って食うのも乙《おつ》なもんだ」

同心はそう言うと、蕎麦をわしっと口中に投じた。

「うん……うめえ」

味わってから言う。

「ありがたく存じます」

元松は頭を下げた
「おいしい」

千吉の笑顔も弾ける。

わらべにはどうかと思ったが、いささか時はかかったものの、千吉はきれいに翁蕎麦を平らげた。

「おう、凄えな」

同心が笑みを浮かべた。

「つくった甲斐があるぞ、千坊」

元松も笑顔で空《から》の丼を受け取った。

「さて……」

ひと幕が終わったあと、満を持して万年同心が切り出した。

「今日はちょいと土産があってな」

「土産、でございますか」

元松が言う。

「これだ」

幽霊同心はふところを探り、さっとある物を取り出して蕎麦屋に渡した。

それは、呼子《よびこ》だった。

「これは……」

元松はやや腑に落ちないような顔つきになった。

「呼子だ」

同心は渋く笑ってから続けた。

「大川端のここいらは、橋からちょいと下ったところだ。おまえさんみてえに身投げをしようっていう料簡のやつや、西詰で巾着切りをやらかして逃げてきたりする不届き者や、ま、いろんなやつが通りかかるかもしれねえ。そこで、だ」

万年同心はひと息入れてから続けた。

「おめえさんに呼子を渡して、いざってときに吹いて急を知らせてもらおうっていう絵図面を描いてみた。ちょいと吹いてみな」

「へい」

元松が試してみると、吹いた当人が驚くほど大きな音が出た。

両国橋を渡っている途中の者が、何事ならんと足を止めて見たほどだ。

「なるほど、こりゃあ響きますね」

と、元松。

「夜なら、なおさら響くだろう。近くの自身番にも言っとくが、何かあったらそれで知らせてくんな」

「承知しました」

元松は引き締まった表情で答えた。

「千ちゃんも」

わらべが呼子に手を伸ばす。

「一回だけだぞ」

万年同心が指を一本立てた。

「うん」

元松から呼子を受け取ると、千吉はぷうっとほおをふくらませて吹いた。

ぴぃーっ、と甲高い音が響く。

わらべがびっくりした顔になったから、大川端に和気が満ちた。

「ま、こいつの出番がないに越したことはねえんでしょうが」

元松はそう言って、呼子をふところにしまった。

「人助けだからな、頼むぜ」

同心は白い歯を見せた。

四

翌日も同じ場所に翁蕎麦の屋台が出た。

月のある晩だった。いくらか赤みを帯びた月あかりが、大川端のひとすじの道を照らしている。

両国橋の上から、屋台の灯りがぼんやりと見えた。

まるでたましいのようだ、と利助《りすけ》は思った。

身投げをするために、ここまできた。

簪《かんざし》職人として、これまで実直に暮らしてきた。

口は重いが腕はたしかで、利助の簪でなければという問屋もあった。

だが……。

不幸が続けざまに利助を襲った。

子は生まれるものの、育ったのは男の子が一人だけで、今度は娘が欲しいと女房とともに願《がん》を懸《か》けていた。

その甲斐あって、ようやく女の子が生まれた。

しかし……。

産後の肥立ちが悪く、女房はいともあっけなくあの世へ旅立ってしまった。好き合って一緒になった恋女房だった。利助はなきがらに取りすがって泣いた。涙が涸《か》れるほどの号泣だった。

生まれた娘も、後を追うように死んだ。利助の悲嘆は募った。

さらに……。

半年後、頼みの一人息子まで急な病で逝ってしまった。

おとっつぁんの跡を継いで、簪職人になりたい。

そんな殊勝なことを言うので、一から教えはじめた矢先だった。

長屋は火が消えたようになった。利助は生きる張り合いをなくしてしまった。

家族がいればこそ、仕事に身が入ったのだ。あいつらのために、と夜なべ仕事にも精を出していた。

だが、もう望みがなくなった。

そのうち、仕事で大きなしくじりをやらかしてしまった。納めの日を間違え、問屋の顔に泥を塗ってしまったのだ。

「やる気がねえのなら、ほかにも職人はいるから」

目を覚まさせるつもりでかけたきつい言葉だったが、利助は、

「……ようがす。よそへやってください」

と、おのれから道をふさいでしまった。

問屋は半ばあきれたような顔つきで出ていった。

かくして、八方が塞がった。

利助は死ぬことにした。

あの世へ行けば、女房と子供にまた会える。

そのためには、大川の水に身を投げるだけでいい。

そう思い、両国橋まで来た。

かつてはここで花火を見物した。はぐれないようにせがれの手をしっかりと握り、

川開きの花火を見た。

あのときの人の群れはない。

手をつないでいたせがれもいない。

風だけがただ吹き抜けていく橋の上に、いったいどれほど立っていただろう。どれほどの船を見送っただろう。

日は西に傾いて沈んだ。江戸の町並みはいったん切り絵のようになり、ほどなく闇に染められた。

利助はまたゆっくりと歩き出した。

両国橋の欄干から飛び込むことはあきらめた。

荷車や人が途切れて、いまだ、と思ったことは一再ならずあった。

だが……。

身がすくんで動かなかった。

橋からは、高すぎた。

ならば、大川端から身投げをすることにしよう。

利助はそう思い直した。

打ちひしがれた様子で、利助は歩を進めた。

提灯が少しずつ大きくなってきた。

何かの屋台のようだ。

客とおぼしい男たちと途中ですれ違った。

「今日は出てて良かったな」

「ときどき売り切れますからね、兄ぃ」

「あれだけの蕎麦だから仕方ねえや」

「つゆも身の中があったまりましたぜ」

そんな話をしながら両国橋のほうへ戻っていく。

蕎麦か、と利助は思った。

これから身投げをするのだから、胃の腑に何か入れても仕方がない。

そうも思ったが、これがこの世の食い納めになるかと思うと、素通りするのも忍びなかった。

いくらか迷ってから、利助は足を止めた。

翁蕎麦、とのれんに染め抜かれている。

「かけ」

利助は短く言った。

「承知しました」

　蕎麦屋が笑みを浮かべた。

五

　妙だな、と思ったのは、客が蕎麦を食べる様子だった。

　いくたびも手を止め、じっと丼を見ている。

「何か不得手なものが入っていましょうか」

　そう声をかけたが、考えごとをしているのか、そのまま顔を上げようとしなかった。

　べつに苦手なものが入っているからではないようだった。その証《あかし》に、だいぶ時はかかったが、丼の中身はきれいに平らげられていた。

「ありがたく存じます」

　筵の上から大儀そうに立ち上がり、丼を返しに来た客に向かって、元松は頭を下げた。

　客もうなずいた。

　そのとき、元松は気づいた。

客の瞳がうるんでいた。

銭を払うと、客は両国橋とは逆の向きに歩きはじめた。

その背を見ているうちに、元松は片づかない心持ちになってきた。おのれの心《しん》の臓《ぞう》からいまの客の背のほうへ、ひとすじの見えない糸のようなものがつながっているような気がした。

屋台の客は途切れた。

火の按配をたしかめると、元松はなおも客の背を見た。

月あかりのおかげで、その動きがかろうじて見えた。

おかしい、と元松は改めて思った。

足元が危うい川べりなのに、客は提灯をかざしていなかった。

その背が闇にまぎれようとするとき、元松の心の臓がきやりと鳴った。

新たな客は来ない。

元松は屋台から離れ、気がかりな客のもとへ近づいていった。

ほどなく、客の姿が見えた。

元松は目を瞠《みは》った。

男は大川に向かって両手を合わせていたのだ。

おのれもここで死ぬつもりだったから分かる。
身投げをしようとしているのだ。
声をかけようとして、すんでのところで思いとどまった。
うかつに声をかけたら、すぐ飛びこんでしまう。
元松は身をかがめ、抜き足で近づいた。
そして……。
男が長いため息をつき、いままさに大川へ飛びこもうとした刹那《せつな》、
「よしな！」
と、ひと言かけて飛びついた。
不意を突かれた男は、川べりに倒れた。
「お見逃しを」
なおも身投げをしようとする。
「待て」
その背に、元松は必死にすがりついた。
帯をつかみ、川のほうへ行かせまいとする。
男の力がゆるんだわずかなすきを突いて、元松はふところを探り、あるものを取り

出した。

呼子だ。

口にくわえ、思い切り吹く。

いくたびも続けざまに吹いて急を告げる。

ひときわ甲高い音が響くと、男は観念したようにがっくりとうなだれた。

ややあって、二つの提灯が揺れながら近づいてきた。

自身番だ。

「どうした」

短く問う。

「身投げをしようとしたんで、取り押さえました」

元吉が答える。

「そりゃあ、手柄だ」

「わけは番所で聞こう」

役人が男を立たせた。

「すまねえこって……」

身投げをしようとした男は、かすれた声で言った。

「おいらも、ここから身投げをしようとして助けられたんだ」

そう告げると、男は驚いたように元松の顔を見た。

「いまは料簡違いを改めて、ここに屋台を出してる。落ち着いたら、また食いにきてくれな」

情のこもった声で言うと、男は涙を流しながらうなずいた。

六

身投げを止めることに必死だったから気づかなかったが、体のあちこちが痛んでいた。

早くたたんで帰ろうかと思ったけれど、せっかく打った蕎麦と仕込んだつゆと具に申し訳がない。いましばし待っていると、幸いにも続けざまに客が来てくれた。

「風が出てきたな」

「だんだん強くなるぜ」

両国橋の西詰の煮売り屋で呑んできた二人連れが言う。

「浅草から来てるんで、帰りは向かい風になりそうです」

翁蕎麦をつくりながら、元松は答えた。

「そうかい。そりゃ大儀だ」

「ここより浅草のほうが実入りになるだろうに」

客の一人がいぶかしげな顔つきになった。

「へい、ですが……」

元松は一つ間《ま》を置いてから答えた。

「この大川端に出して良かったです」

「そのわけは？」

もう一人が問うた。

「大川の水だけじゃなくて、このあたりにゃ人情も流れてますから」

元松は笑みを浮かべて言うと、

「へい、お待ち」

と、丼を差し出した。

それから半刻《はんとき》（約一時間）経った。

蕎麦の残りは二玉になった。

「あとは、おめえとおとっつぁんで食おうな」

ここにはいない娘に向かって言うと、元松は帰り支度を始めた。

両のひざが痛んだ。

身投げの男を止めたとき、片方は打ちつけ、もう片方は擦りむいてしまったらしい。

「よいしょ、と」

元松は屋台を持ち上げた。

浅草のほうへゆっくり戻ろうとしたが、向かい風がきつくて、いくらか歩いたところでもう息が切れた。

「これじゃ途中で行きだおれだ」

元松は独りごちた。

「助けてくれよな、おさえ」

そう言うと、痛む体をなだめて、元松は再び屋台を持ち上げた。

「行くぜ」

身をいくらか前に倒し、一歩ずつ進んでいく。

川べりの道の終《しま》いに難所がある。

両国橋の西詰に続くところは、短いがわりかた急な上り坂になっているのだ。向かい風だと、ことに厳しい。

屋台をかつぎ、元松は歯を食いしばって上った。

いけねえ、と途中で思った。

このまま風に押し戻されたら、うしろへひっくり返ってしまう。もしそうなったら、もう立てないかもしれない。

元松は蒼《あお》くなった。

だが……。

ちょうどそのとき、ふっと風が和らいだ。

それればかりではない。

うしろから、にわかに風が吹きつけてきたのだ。

身がふわりと軽くなり、屋台の重さが感じられなくなった。

ふと気がついたときには、元松は両国橋の西詰にいた。

いったん屋台を下ろし、ふうと長いため息をつく。

いま来た川べりの道を、元松はいくたびも瞬きをしながら見た。

「ありがとな」

十で死んだ娘に言う。

「おめえが押してくれたんだ。ありがとな、おさえ」

だれもいない道に向かって、元松は言った。

闇へ続く道が、にじんでぼやける。

そのなかに、娘が立っているような気がした。

たった一人の娘は、笑っていた。

七

「そりゃあ、人助けだったね」

一枚板の席で、隠居が温顔をほころばせた。

「おれの知恵のおかげさ」

万年同心が得意げにおのれの頭を指さす。

「でも……」

厨でとんとんの稽古をしていた千吉が、ふと顔を上げて言った。

「でも、何だい」

万年同心の上役のあんみつ隠密が訊く。

「千ちゃんが、おじちゃんを助けたからだよ。だから、おじちゃんが人助けをできたんだよ」

わらべがそう言ったから、のどか屋に笑いがわいた。

「そうだな。おれの手柄にして悪かった」

同心が謝る。

「すっかり影が薄くなったわね、おまえさま」

おちよが笑って時吉に言う。

「千吉の手柄でいいさ」

冷たい大川に飛びこんで元松を助けた時吉は、苦笑いを浮かべた。

ここで餡巻きが出た。

「うん、甘え」

安東満三郎の目尻が下がる。

「千ちゃんも」

「もう稽古は終いか？」

「食べたらまたやる」

「よし。なら、つくってやろう。その前に、お造りを」

時吉は一枚板の席に肴を出した。

小鯛の松皮《まつかわ》造りだ。

身を布にくるんで、皮のところに湯をかけて霜降りにする。それから冷たい井戸水に取り、皮を上にして引き造りにすると、皮が松の皮のような按配になる。これを加減醤油とおろし山葵ですすめる。

「鯛は皮までうまいねえ」

隠居がうなった。

「こりこりして、うめえや。酒の肴ってのは……いや、何でもねえや」

隣で餡巻きを肴に上機嫌で呑んでいる上役をちらりと見て、万年同心はややあいまいな顔つきになった。

「おう、ところで」

あんみつ隠密は餡巻きを食べ終わったところで言った。

「知恵ついでに、思いついたんだが、町方で段取りを整えてくれるか」

「どういう段取りで?」

同心がたずねる。

「どうせなら、動く関所みてえにしちまえと思ってな」

あんみつ隠密はにやりと笑うと、思いついたことを明かしはじめた。

それを聞いているうちに、千吉の顔にも笑みが浮かんだ。

「なら、さっそく段取りをつけましょう」

万年同心が請け合った。

「呼び方も変えなきゃいけないかもしれないね」

隠居が言う。

「また帰り道にでも寄ってくださいと」

おちよが伝言を頼んだ。

「だったら、段取りがつき次第、屋台へ届けに」

「千ちゃんも行く」

千吉が元気良く手を挙げた。

「おう、いいぞ。千坊から渡してやれ」

万年同心は身ぶりをまじえて言った。

八

初鰹の話がほうぼうで響き、夕べの風が心地いい季《とき》になった。

元松は今日も大川端へ屋台を運んだ。

翁蕎麦はすっかり顔なじみが増えた。なかには屋台が来るのを待っている客もいるほどで、蕎麦が売れ残ることはなくなった。

「翁蕎麦を食わねえと、口がさびしがりやがる」

「まったくで」

揃いの半纏《はんてん》の職人衆が言った。

「ありがたく存じます」

元松が頭を下げたとき、両国橋の西詰のほうから声が聞こえた。

「おじちゃーん……」

千吉の声だ。

わらべは、走っていた。

そのうしろから、いやに大仰な身ぶりで、万年同心が追っている。

「抜くぜ、千坊」

同心はそう言って、派手に腕を振った。

「負けるな」

元松は千吉に声をかけた。

むろん、同心は気を入れて走ってはいなかった。肩を並べそうなところまで迫ると、わざと地団太《じだんだ》を踏むように足を動かす。

「おう、かけっくらか」

「もうちっと気張れ」

職人衆が声を送る。

「おう、千坊の勝ちだ」

屋台に着くなり、元松は軍配を上げるしぐさをした。

「もうちょっとで抜けたんだがなあ、ちっ」

万年同心がわざとらしい舌打ちをする。

千吉は手をひざにやり、肩で息をついていた。

「水をやんなよ」

「気張りすぎたな、坊」

職人衆が笑う。

「水はねえから、湯でいいか？　つゆもあるぞ」

元松が問うた。

「おつゆ……」

千吉はそう答えて少し咳きこんだ。

その背を、同心が笑みを浮かべてさすってやる。

「ほらよ。あとで蕎麦も食いな」

元松はそう言って、つゆの入った丼を渡した。

「つゆもうめえんだ、この蕎麦は」

「いい屋台に当たったぜ」

職人衆はそう言って、きれいにつゆまで平らげた。

「さて」

万年同心は手を一つ打ち合わせた。

「べつに人の耳を憚《はばか》る話じゃねえから、客がいてもいいや」

職人衆をちらりと見てから、同心は続けた。

「おめえさんは、ここから身投げをしようとした男を首尾良く助けてくれた。えれえ働きだったな」

「旦那がこいつを預けてくだすったおかげで」

元松は呼子を取り出した。

「へえ、身投げを助けたのかい」

「そりゃ、ほうびを出してやんねえと、旦那」

職人衆がいる。

「ごほうび、あるんだよ」

やっと息が整ってきた千吉が言った。

「なんとか屋台で食えてますんで、ほうびの銭なんぞは……」

「悪いが、銭じゃねえんだ」

同心は元松をさえぎって言った。

「と言いますと？」

元松が訊く。

「……こいつだ」

渋くにやりと笑って、万年同心はふところからあるものを取り出した。

「これは……十手《じって》じゃないですか」

元松は目を丸くした。

「おう、読めたぜ」

職人衆の一人がひざをたたいた。

「人助けをした蕎麦屋を御用聞きに取り立てようってんだな」

もう一人が言う。

「そのとおり」

同心の声が高くなった。

「わ、わたしが御用聞きに？」

まだうろたえた顔つきで、元松は言った。

「平ちゃんが、知恵を出したんだよ」

千吉が伝えた。

「ここいらは、身投げがあったり、巾着切りが逃げてきたり、いろいろあるところだ。そこで、動く関所みてえな御用聞きの屋台がありゃ、何かと重宝かと思ってよ」

同心が絵図面を示した。

「そりゃ、いいや」

「屋台で押し込みの相談をしてたら、すぐ御用になっちまうぜ」

「そんな間抜けな盗賊がいるかよ」

職人衆が掛け合う。

「ですが……風の強い日には、ここまで来られないんですが」

「そりゃ、来られたらでいいぞ」

同心はすぐさま言った。

「無理に怪しいやつをひっつかまえることもねえ。屋台の客や、近くをふらふらしてるやつを怪しいと思ったら、その十手をかざしてわけを聞いてくんな」

「へい」

「それで、いきなり逃げ出したりしたら、呼子の出番だ。うまいこと段取りがつながるじゃねえか」

万年同心はまたにやりと笑った。

「承知しました」

元松は肚《はら》をくくった顔つきになった。

「御役がつとまるかどうか、心もとねえんですが……」

「おじちゃんなら、平気だよ」

千吉が言った。

「ありがとよ」

元松は笑みを返した。

そして、うやうやしく十手を額のあたりに押し頂いて言った。

「精一杯、気張ってつとめさせてもらいまさ」

元松は気の入った表情で言った。

「頼むぜ」

同心が白い歯を見せる。

「翁蕎麦の親分さんだな」

「また食いに来るぜ」

職人衆がそう言って腰を上げた。

「またのお越しを」

十手を手に持ったまま、元松は頭を下げた。

九

夜空で星が光っている。

最後の客を見送ると、元松は帰り支度を始めた。

いつもより、ほんの少しだけ重かった。十手の分だ。

ふところには呼子を入れているし、落としたら大事だから、しっかりと帯に差した。

「よし、行くぜ、おさえ」

元松はそう言うと、屋台をかついだ。

向かい風の上り坂で難儀をしていたとき、うしろから風がふっと押してくれた。

あれは死んだ娘が助けてくれた。

元松はそう信じていた。

「ええことになっちまったな」

腰に差してある十手をちらりと見て言う。

「ま、なるようにしかなるめえや。旦那の話じゃ、悪いやつに感づいたときだけ十手を出しゃいいってことだから」

浅草までの行き帰りも、こうしておさえと歩いているつもりでしゃべりながら進めば、さほどつらくはなかった。

しばしば落語も披露する。素人落語を禁じられてからも、新たな噺に取り組んできた。かえって芸が磨かれ、格段に良くなっているように思われる。

「いくら上手になっても、寄席には出られねえんだがよ」

屋台をかつぎながら言う。

「そうか。十手を預かったってことは、お上の手下になっちまったわけだな。素人落語をご法度にされた身が、いまじゃ御用聞きか」

元松は感慨深げな面持ちになった。

「だがよ、おさえ。おとっつぁんは素人落語も芝居も座敷の浄瑠璃《じょうるり》も、見て見ぬふりをするぜ。十手をかざすのは、本当に悪いやつだけだ」

なりたての御用聞きの声に力がこもった。

「いくらお上《かみ》だって、人の心までは取り締まれめえ」

元松は言った。

「屋台のお客さん相手でいいから、これからも落語を続けるぜ、おさえ。おめえもおとっつぁんの噺を聞いて、せいぜい笑ってくれよな」

元松は笑みを浮かべた。

よっ、ほっ……。

駕籠かきのように調子良く屋台を運んでいく。

またいくらか上り坂になった。

ふっとうしろから風が吹き、屋台が軽くなった。
遠くて近いところで、おさえの笑い声が響いたような気がした。

終章　虹の向こうへ

一

もう月末には川開きか……。

だんだん影があいまいになってきた両国橋を、元松は感慨深げに見た。

両国橋の上から、おさえと一緒に花火を見た。あの日のことが、いやにありありと思い出されてきた。

元松は軽く首を振った。

うしろを見るんじゃねえ。前を向いていけ。

おのれにそう言い聞かせ、つゆの加減を見ていると、橋の西詰のほうから人が近づいてきた。

夕涼みに来ただけで素通りしていく者もわりといるが、その人影はそうではなかった。まっすぐ翁蕎麦の屋台に向かってきた。

薄闇のなかに、男の顔が浮かんだ。

それがだれか、元松はすぐ思い出すことができなかった。

「その節は、世話になりました」

男がそう言ったので、はたと思い当たった。この大川端で、身を挺して命を助けたあの男だ。

「おまえさんは、あのときの……」

「へい。簪職人の利助と申します」

利助はていねいに頭を下げた。

「そうかい。ちょっとは落ち着いたかい」

元松は笑みを浮かべて問うた。

「何とか、やってまさ」

利助は答えた。

「蕎麦、食うかい」

「へい、いただきます」

しばらく間があった。

口の重い簪職人は、まだうっすらと光っている大川のほうへ目をやっていた。

蕎麦が出た。

一枚板と言うほど大仰なものではないが、そこへ丼を出し、立ったまま食べることができる。むろん、筵に座ってもいい。

「いただきまさ」

利助はゆっくりと味わうように翁蕎麦を食べた。

「そう言や、何で身投げをしようとしたのか、そのわけを聞いてなかったな」

元松が言った。

あれから自身番には寄っていないし、万年同心にもたずねなかった。十手を預かるという思いがけない成り行きになってしまったから、ほかのことまでちっとも頭が回らなかったのだ。

「へい……ちょいと長い話で」

利助は言いよどんだ。

「一つのわけで身投げをしようとするやつは、いねえかもしれねえからな」

元松があごに手をやった。

「旦那はどうだったんです？」

いくらか年下とおぼしい利助がたずねた。

「こっちも長え話なんだが、ぐっと小咄に約《つづ》めて言うと……」

元松は噺家の口調になって、重い身の上話をさらりと語り聞かせた。

「おいらも……子を亡くしました」

喉の奥から絞り出すように、利助は言った。

「そうだったのかい」

元松がしんみりとうなずく。

「ずっと欲しかった女の子が生まれたと思ったらすぐ死んじまって、女房まで産後の肥立ちが悪く、あとを追うみてえに……」

利助はそう言って唇をかんだ。

「愁傷《しゅうしょう》なこった」

元松が声を落とす。

「それから、跡継ぎになるはずだったせがれまで、急な病であっけなく死んじまって……それで、もうこの世にいても仕方がねえと思って……」

そこで堰《せき》が切れた。

利助は箸と丼を置き、袖で顔を覆って泣きだした。

「つれえな」

そう言う元松の目にも、光るものがあった。

ややあって、利助はやっと袖を離した。

そして、思い出したように残りの蕎麦を食べはじめた。

「おまえさん、酒は呑むかい？」

元松はさっと涙を拭い、笑みを浮かべて問うた。

「へい……弱いですが」

利助が答える。

「なら、屋台を出す前に、そのうち近場でちょいと呑もうぜ。こっちの住まいは教えるから」

猪口を傾ける身ぶりをまじえて、元松は言った。

「おいらがたずねていけばいいんですね？」

「おう。酒も肴もうまい、いい見世を知ってるんだ」

「どこです？」

利助の問いに、元松は一つ間を置いてから答えた。

「横山町の、のどか屋だよ」

二

表から千吉の声が響いてくる。朋輩と楽しく遊ぶ声だ。

「元気で良いですね」

のどか屋の一枚板の席で、つややかな総髪の男が言った。

千吉が通っている手習いの師匠の春田東明だ。

もろもろの学問に通じている春田東明は、わらべ相手の手習いばかりでなく、有為の若者に洋学なども教えていた。なにかと忙しい身だが、折にふれてのどか屋ののれんもくぐってくれる。

「寺子屋ではおとなしくしておりましょうか、あの子は」

おちよが母の顔で問うた。

「手習いはまじめにやっていますし、弱い者をいじめたりする子をたしなめたりもしてくれます」

春田東明は折り目正しく答えた。

「いいじゃないか、時さん」

隣に座った隠居が、時吉に向かって言った。

「そりゃ、弱い者をいじめるほうだったら、ただじゃおきませんから」

時吉は笑みを浮かべて答えた。

これから蘭学の講義があるという春田東明はお茶だが、肴は喜んで食してくれる。つややかな川鱒《かわます》の照り焼きに、常節《とこぶし》と若布の煮合わせ。終いもののたらの芽は、味噌漬けや天麩羅などにした。

「おいしいですね」

隠居と並び、背筋を伸ばして食す。

学のある者もない者も、うまいものを食べたらみな同じ顔になる。

そのうち、ぱらりと音が響いた。

雨だ。

降りだしたと思ったら、すぐさま雨音が高くなった。

「千吉、雨だよ。帰っておいで」

おちよが声をかけると、まずのどかとちのが帰ってきた。中に入るなり、ぶるぶるっと身をふるわせる。

「うわあ、降ってきた」

千吉はあわてて戻ってきた。

「一緒にいた子は?」

「大松屋の升ちゃんだから」

「ああ、そう。なら、おうちに帰れるわね」

そんな話をしているうちにも、雨はますます激しくなってきた。ただし、空には明るいところもあるから、そう長く降りそうな雨ではない。

千吉がのどか屋に戻ってほどなく、二人の男が急いで駆けてきた。

「そこの『の』っていうのれんで」

「へい」

短い言葉をかわし、頭を手で覆いながら小走りに飛びこんできた。

「まあ、元松さん」

おちよが声をかけた。

のどか屋に姿を現したのは、元松と見知らぬ男だった。

三

「雨が止《や》むまで、ここで呑ませてもらいまさ」

のどか屋の座敷で、元松が言った。

「止むのが遅くなったら、屋台は出せませんね」

酒を運びながら、おちよが言った。

「たまには休みまさ。あれから雨の日のほかは働きづめで、こちらへ御礼にも来られなかったくらいで、すまねえこって」

元松は頭を下げた。

「思いがけない出世だったねえ」

一枚板の席から、隠居が言った。

「お恥ずかしいかぎりで。万年の旦那に十手を出されたときは、とっつかまるのかと思いましたよ」

素人落語家らしく、元松はうまく話をつくって笑いをとった。

「大川端の元松親分さんですね」

旅籠のほうから戻ってきたおけいが言った。

「翁蕎麦の元松でも、どっちでも」

元松は笑って答えた。

「で、こちらさまは？」

おちよが手で利助を示した。

元松とともに入ってきた男がだれか、まだ正体が知れていなかった。

「おいら……利助と申します」

口の重い簪職人が頭を下げた。

「利助さんですね。元松さんとはどういうお仲間で？」

おちよの問いに、ふっと笑ってから元松は答えた。

「身投げ仲間でさ」

「ああ、すると……」

おちよは何かに思い当たったような顔つきになった。

「因果は巡る糸車でさ」

元松は手つきをまじえて言った。

「夜なかにここを抜け出したわたしに気づいて、千坊が一生懸命走ってくれたおかげで、大川に落ちたこの身を二人がかりで助けてもらって、いまもこうしてこの世におります。そのわたしが、同じにおいをかぎつけて、身投げをしようとしたこの人を助けたっていう次第で」

元松はそう言うと、利助の猪口に酒を注いだ。

「そうでしたか」

おちよは利助を見た。

「じゃあ、利助さんはどういうわけで身投げをしようとしたんだい？」

隠居がたずねた。

「へい……」

利助は酒を呑み干してから猪口を置いた。

だが……。

口が重いたちに加えて、総髪の学者も向き直って話を聞く構えになった。それやこれやで、なかなか言葉が出てこなかった。

「なら、一席、人情噺に仕立てて演じましょう」

元松がうまく助け船を出した。

そこからは、浅草亭夢松の一人舞台だった。

用足しから戻ってきたおそめも加えて、三人の女が聴いていた。利助が娘と女房ばかりか、頼みのせがれまで亡くすところでは、みな着物の袖を涙で濡らした。

「そりゃあ、大変だったねえ」

隠居が情のこもった声で言った。

「へい……」

細い声で利助が答える。

「手に職があるもんで、いまは簪づくりに戻って、こつこつやってくれてまさ」

元松が言った。

「簪職人でいらっしゃるんですね」

ていねいな口調で、春田東明が言った。

「さようで。料簡を改めて、一本一本、思いをこめてつくってます」

ようやく利助の口がほぐれてきた。

その猪口に、また元松が酒を注ぐ。

「どう改めたのです？」

東明が問う。

「死んじまったせがれは、蜻蛉《とんぼ》が好きでした。なら、蜻蛉の飾りの簪をつくってやろうと」

　そこでいったん息を入れ、利助はさらに続けた。

「おめえの生きられなかった分も、簪は生きる。だれかに大事にされて、形見になって受け継がれて、先へ先へと生きていく。そうやって、おめえは形を変えて生きてくんだ、と……」

　簪職人の言葉が途切れた。

「いい話だね」

　先だって友を亡くした隠居がしみじみと言った。

「料理と違って、簪は長く残ります。いまの心持ちを忘れず、これからも励んでくださいまし」

　時吉が言った。

「へい」

　利助がうなずく。

「料理は、なんにものこらないの？」

　千吉がだしぬけにたずねた。

「残るものだってあるわよ。毎日継ぎ足しながらつくってる『命のたれ』とか」

おちよが言う。

「それだけじゃない。料理は……」

時吉は一つ間を置いてから言った。

「人の心に残るんだ」

その言葉を聞いて、春田東明が二度、三度と短くうなずいた。

わらべもうなずく。

「千ちゃん……」

千吉も間を置いてから続けた。

「つくるよ、人の心にのこる料理を」

わらべはそう言って笑った。

「おう、つくれ」

時吉は父の顔で言った。

四

雨は上がった。

もう屋根に雨音は響かなかった。

春田東明がまず席を立った。

「いま止んだとおり、止まない雨はありません」

座敷の利助に歩み寄って言う。

「雨上がりの世は、ことのほか美しく見えます。これからも、思いをこめて簪をつくっていってください」

「ありがたく存じます」

利助は深々と頭を下げた。

「では、千吉さん、またあした」

春田東明はわらべに声をかけた。

師匠はていねいに「さん」づけで呼ぶ。

「またあした、先生」

千吉は元気に答えた。

「おいしいものを、ごちそうさまでした。これで講義に力が出ます」

総髪の学者は笑みを浮かべた。

「ありがたく存じました。またのお越しを」

おちよが深々と頭を下げた。

「なら、おいらもそろそろ……と、その前に」

利助はふところを探った。

取り出したのは風呂敷包みだった。

「元をたどっていけば、のどか屋さんのおかげで助かったんで、御礼にお好きなものを選んでくださいまし」

簪職人はそう言って、包みを解いた。

「わあ、きれいな簪」

おそめが真っ先に言った。

「蝶々にお花に、富士のお山や小判まで」

おけいが歌うように言う。

「娘も生まれてすぐ死んじまったもんで、簪にして、お客さんに挿してもらっていろんな思いをさせてやろうと」

利助は言った。

「なら……わたしは蝶々を」

おちよがまず一本の簪に手を伸ばした。

「じゃあ、きれいな藤の花を」

おけいが続く。

「おこうちゃんの分もいただこうかしら」

おそめが言った。

「いくらでもお持ちくださいまし」

利助の顔に、やっと笑みが浮かんだ。

おそめは縁起物の小判を、おこうには折にふれてうっとりとながめている富士のお山を選んだ。

「なら、雨も上がったんで、酒が抜けたら屋台を出しまさ」

「休みにするんじゃなかったのかい、元松さん」

隠居が言った。

「いや、こんな屋台でも、楽しみにしてくださるお客さんがいるもんで」

元松の答えを聞いて、時吉は笑顔でうなずいた。

「あっ！」

送っていく、と外へ飛び出した千吉が大きな声をあげた。

「まあ」

おちよも目を瞠る。

「にゃあ」

一緒に出てきたのどかまで、何を思ったのかないた。

雨上がりの空に、きれいな虹が出ていた。

元松と利助、身投げ仲間の二人も足を止めた。

「きれいな虹だな」

元松が指さす。

「ほんに……あの向こうに、浄土《じょうど》があるみてえだ」

利助はそう言って瞬きをした。

「あそこで、娘が笑ってら」

指をさしたまま、泣き笑いの表情で元松が言った。

「おいらのせがれもいまさ」

利助も和す。

「また、屋台をかつぎがてら、いろいろ噺をしてやるからな、おさえ。野暮なお上《かみ》だって、そこまではとがめられまいて。せいぜい笑ってやってくれ」

虹の根のあたりに向かって、元松は言った。

「おじちゃん」

千吉が言った。

「ん、何だい？」

「かけっくらしよう」

わらべは腕を振るしぐさをした。

「おう、いいぞ。どこまでだ？」

「あの虹のとこまで」

千吉は無邪気に指さした。

「そりゃ、ちょいと遠いな」

元松は苦笑いを浮かべた。

「走ってるうちに消えちゃうよ、千吉」

おちよがあきれたように言った。

「だったら、あの大松屋の看板まで」

千吉は半町（約五十メートル強）ほど先にあるものを指した。

「だいぶ近くなったな。いいぞ」

元松は右手を挙げた。

荷車が通り過ぎ、人の往来も途切れた。

「よし、行くぞ」

みなが表に出て見守るなか、二人のかけっくらが始まった。

「えいっ」

千吉はかわいい掛け声を発した。

「しっかり」

母が声をかける。

「よーし、負けるか」

元松が後を追う。

千吉は懸命に両手を振って駆けていった。

江戸の空にまだくっきりと見えている、あの虹に向かって。

[参考文献一覧]

志の島忠『割烹選書　酒の肴春夏秋冬』（婦人画報社）
志の島忠『割烹選書　冬の献立』（婦人画報社）
志の島忠『割烹選書　春の献立』（婦人画報社）
島﨑とみ子『江戸のおかず帖　美味百二十選』（女子栄養大学出版部）
畑耕一郎『プロのためのわかりやすい日本料理』（柴田書店）
土井勝『日本のおかず五〇〇選』（テレビ朝日事業局出版部）
福田浩、松下幸子『料理いろは庖丁　江戸の肴、惣菜百品』（柴田書店）
『人気の日本料理2　一流板前が手ほどきする春夏秋冬の日本料理』（世界文化社）
『和幸・高橋一郎のちいさな懐石』（婦人画報社）
『復元・江戸情報地図』（朝日新聞社）

日置英剛編『新国史大年表　五-II』（国書刊行会）
今井金吾校訂『定本武江年表』（ちくま学芸文庫）
ホームページ「下風呂温泉」「いせ源」

時代小説

二見時代小説文庫

走《はし》れ、千吉《せんきち》　小料理《こりょうり》のどか屋《や》　人情帖《にんじょうちょう》18

著者　倉阪鬼一郎《くらさかきいちろう》

発行所　株式会社　二見書房
東京都千代田区三崎町二―一八―一一
電話　〇三―三五一五―二三一一［営業］
　　　〇三―三五一五―二三一三［編集］
振替　〇〇一七〇―四―二六三九

印刷　株式会社　堀内印刷所
製本　株式会社　村上製本所

 ISBN978－4－576－16163－1
http://www.futami.co.jp/

人生の一椀 小料理のどか屋 人情帖1
倉阪鬼一郎［著］

もう武士に未練はない。一介の料理人として生きる。一椀、一膳が人のさだめを変えることもある。剣を包丁に持ち替えた市井の料理人の心意気、新シリーズ！

倖せの一膳 小料理のどか屋 人情帖2
倉阪鬼一郎［著］

元は武家だが、わけあって刀を捨て、包丁に持ち替えた時吉の「のどか屋」に持ちこまれた難題とは…。心をほっこり暖める時吉とおちよの小料理。感動の第2弾！

結び豆腐 小料理のどか屋 人情帖3
倉阪鬼一郎［著］

天下一品の味を誇る長屋の豆腐屋の主が病で倒れた。このままでは店は潰れる…。のどか屋の時吉と常連客は起死回生の策で立ち上がる。表題作の他に三編を収録

手毬寿司 小料理のどか屋 人情帖4
倉阪鬼一郎［著］

江戸の町に強風が吹き荒れるなか上がった火の手。店を失った時吉とおちよは無料炊き出し屋台を引いて復興への一歩を踏み出した。苦しいときこそ人の情が心にしみる！

雪花菜飯《きらずめし》 小料理のどか屋 人情帖5
倉阪鬼一郎［著］

大火の後、神田岩本町に新たな小料理の店を開くことができた時吉とおちよ。だが同じ町内にけれん料理の黄金屋金多が店開きし、意趣返しに「のどか屋」を潰しにかかり…

面影汁 小料理のどか屋 人情帖6
倉阪鬼一郎［著］

江戸城の将軍家斉から出張料理の依頼！隠密・安東満三郎の案内で時吉は江戸城へ。家斉公には喜ばれたものの、知ってはならぬ秘密の会話を耳にしてしまった故に…

ほっこり宿　小料理のどか屋 人情帖13

倉阪鬼一郎［著］

大火で焼失したのどか屋は、さまざまな人の助けも得て旅籠付きの小料理屋として再開することになった。「ほっこり宿」と評判の宿に、今日も訳ありの家族客が…。

江戸前祝い膳　小料理のどか屋 人情帖14

倉阪鬼一郎［著］

十四歳の娘を連れた両親が宿をとった。娘は兄の形見の絵筆を胸に、根岸の老絵師の弟子になりたいと願うが。同じ日、上州から船大工を名乗る五人組が投宿して…。

ここで生きる　小料理のどか屋 人情帖15

倉阪鬼一郎［著］

のどか屋に網元船宿の跡取りが修業にやって来た。その由吉、腕はそこそこだが魚の目が怖くてさばけないという。ある日由吉が書置きを残して消えてしまい…。

天保つむぎ糸　小料理のどか屋 人情帖16

倉阪鬼一郎［著］

桜の季節、時吉は野田の醤油醸造元から招かれ、息子千吉を連れて出張料理に出かけた。その折、足を延ばした結城で店からいい香りが…。そこにはもう一つのどか屋が!?

ほまれの指　小料理のどか屋 人情帖17

倉阪鬼一郎［著］

のどか屋を手伝うおしんは、出奔中の父を見かけた。父は浮世絵版木彫りの名人だったが、故あって家を捨てていた。死んだおしんの弟の遺した鉋《かんな》を懐にした父は……。

地獄耳1　奥祐筆秘聞

和久田正明［著］

飛脚屋の居候は奥祐筆組頭・烏丸菊次郎の世を忍ぶ仮の姿だった。御家断絶必定の密書を巡る謎の仕掛人の真の目的は？　菊次郎と〝地獄耳〟の仲間たちが悪を討つ！